WOUSH
SLAP

BRR
BRR
JE VAIS TE LE DIRE.
HII...!
CE QUE JE HAIS PAR-DESSUS TOUT, C'EST D'ÊTRE MENACÉ.
SHHH
CRÉTIN !

TAP
EH, TROUDUC' !
TU SAIS CE QUE JE DÉTESTE LE PLUS ?
TAP
TAP
TAP
TAP
EUH
TAC

IL A ATTEINT UN NIVEAU PAREIL SANS MÊME UTILISER LA MAGIE ?
C'EST IMPOSSIBLE ! TOUT BONNEMENT IMPOSSIBLE !

TE METTRONT À GENOUX !
HÉ HÉ HÉ HÉ
DU MOINS, ÇA AURAIT DÛ ÊTRE LE CAS...
FSHHH
BON SANG...
COMMENT SE FAIT-IL QUE LA SITUATION AIT AUSSI MAL TOURNÉ ?

BOUM
MAIS ON VERRA SI TU CRÂNES TOUJOURS DEVANT UN ADVERSAIRE DE TAILLE.
GNN
GWOOOOOO
LA FORCE ET LE POUVOIR ACCUMULÉS AU SEIN DE LA GUILDE ARES...

GROAAAAR
JUSQU'À CE QUE JE CROISE CE GARS.
QU'EST-CE QUE...
JE RENTRE CHEZ MOI !!
VOUUUUUM
DEPUIS...
C'EST UN HUMAIN ?
CE CINGLÉ ME VOLE MA PLACE SOUS LE FEU DES PROJECTEURS.

RETOUR AU PRÉSENT, LE JOUR DE L'EXAMEN
SHHHH
POUR DES RAISONS DE SÉCURITÉ, NOUS SUSPENDONS LA PREMIÈRE ÉPREUVE DU LABYRINTHE.
LES CANDIDATS SONT PRIÉS DE REGAGNER LA SALLE D'ATTENTE ET D'Y PATIENTER JUSQU'À L'ANNONCE DE LA SUITE DU PROGRAMME.
SEIGNEUR ! C'ÉTAIT QUOI, ÇA ?
UNE DES CAMÉRAS A RÉUSSI À FILMER ?
SALLE DE PRESSE DE L'EXAMEN
BLA BLA
BLA BLA
MTC
MTC

RIEN CHEZ MTC ! C'ÉTAIT TROP RAPIDE !
TROUVEZ UNE PRISE NETTE !
LES SEULES IMAGES EXPLOITABLES SONT CELLES DE YI GANGHYEON !
COMMENT ÇA SE FAIT ?
QUI S'INTÉRESSERAIT À UN TYPE EN CLAQUETTES ?
MTC
UNE STAR EST NÉE.
MTC
SALLE D'ATTENTE DES CANDIDATS
Waiting Room

...
HUM
RÔÔÔN...
PSHIII
VOUS AVEZ VU CETTE... CETTE EXPLOSION ?
CE SERAIT CE MEC ENDORMI QUI A FAIT ÇA ?
PSST
PSST
PERSO, J'AI RIEN VU.
je sais plus où j'habite, à cause de l'exam.
PSST
PSST
LES JOURNALISTES L'APPELLENT L'EXPERT, VOUS AVEZ ENTENDU ?
VOUS CROYEZ QUE C'EST CELUI DES RUMEURS ?
RIEN N'EST ENCORE JOUÉ.
J'AURAI D'AUTRES OCCASIONS DE ME FAIRE REMARQUER.

ANNONCE DU COMITÉ D'ORGANISATION.
BLA
BLA
BLA
BLA
L'ORDRE DES ÉPREUVES A ÉTÉ MODIFIÉ.
L'EXAMEN REPRENDRA DANS 15 MINUTES.
hmm ?
VEUILLEZ VOUS PRÉPARER.
EXPERT OU NON, JE REFUSE DE PERDRE.
PAS AVEC LA COMPÉTENCE QUE J'AI ACQUISE !

GROAAAAH!
LA VAGUE DE MONSTRES.
TAP
TAP
TAP
TAP
SCHLING
ÉPREUVE DURANT LAQUELLE EST COMPTABILISÉ LE NOMBRE DE MONSTRES D'ENTRAÎNEMENT VIRTUELS, CRÉÉS À PARTIR DE CRISTAUX DE MONSTRES COMBINÉS AUX DERNIÈRES TECHNOLOGIES...
AAAAAH!
ÉLIMINÉS DANS UN TEMPS IMPARTI.

SCRAAACH

AH !
DE... DE LA FOUDRE ?!
oh !
UN CHASSEUR TOUT JUSTE SORTI DE LA TOUR QUI MAÎTRISE LA MAGIE ?
SLASH

C'EST UN VRAI GÉNIE !
GZZT
GZZT
AAAASH

TEMPS RESTANT
00:0
BIP
BIP
CANDIDAT N°33 : YI GANGHYEON
FIN DU TEMPS IMPARTI !
NUMÉRO 33, CHASSEUR YI GANGHYEON.
TEMPS RESTANT
00:00
CANDIDAT N°33 : YI GANGHYEON
SHHH
NOMBRE TOTAL DE MONSTRES ÉLIMINÉS : 78.
MEILLEUR SCORE DE CET EXAMEN.
HA...
HAA...
J'AI RÉUSSI...
CE GARÇON EST EXTRAORDINAIRE ! SON TALENT EST SANS ÉGAL !
NON SEULEMENT IL A LE SENS DU COMBAT, MAIS IL MAÎTRISE AUSSI LA MAGIE !
C'EST LE PLUS GRAND ESPOIR DE CETTE SESSION.
BLA
BLA
BLA
BLA
FWIT
SANS L'EXPERT, IL SE SERAIT PROBABLEMENT CLASSÉ PREMIER.

PROCHAIN CANDIDAT, NUMÉRO 34.
KIM HYEONU.
OUAAH
C'TE FLEMME...
...
LE GÉNIE, ET JUSTE APRÈS, L'EXPERT...
VOYONS...
COMMENT A ÉVOLUÉ SA MANIÈRE DE COMBATTRE.
HMM~

ÉPREUVE : LA VAGUE DE MONSTRES.
TEMPS RESTANT
02:00
CANDIDAT N°34 : KIM HYEONU
TEMPS IMPARTI : 120 SECONDES.
DÉBUT DE L'ÉPREUVE.

BZZT
BZZT
BZZT
SHHH
SHH
GRRR...
GRRR
GRRR
VOTRE ÉPREUVE COMMENCERA DANS 10 SECONDES.
10 SECONDES.
9 SECONDES.
LIVE
8 SECONDES.

7 SECONDES.
GROAAAAH !
6 SECONDES.
5 SECONDES.
4 SECONDES.
3 SECONDES.
AAH...
2 SECONDES !
1 SECONDE !

SWOOSH
DÉBUT
DE L'ÉPREUVE !
CRAK
FWOOUSH

SLASH

?!
ATT... ATTENDS... TU AS VU ÇA ?
han !
TU FILMES ?!
GROOAR
PAF

BAM
BAM
SLASH

TEMPS RESTANT
01:56
ugh...
IL A DISPARU !
GLOUP
LA TÊTE DES MONSTRES ÉCLATE TOUTE SEULE...
BROUHAHA
BROUHAHA
IL SERAIT CAPABLE D'UTILISER LA MAGIE, LUI AUSSI ?
UN NOUVEAU SORT D'ATTAQUE, QUI PLUS EST ?
ZIIING
C'EST UN PEU FLOU...
JE NE PENSE PAS QUE CE SOIT ÇA.
NON...
VOUS ARRIVEZ À SUIVRE SES MOUVEMENTS ?
POUR MOI AUSSI.

IL SE CONTENTE DE FONCER SUR UN MONSTRE.
LIVE
DE LUI PORTER UN COUP...
LIVE
PUIS DE SE JETER SUR SA PROCHAINE CIBLE.
ET AINSI DE SUITE...
LIVE
AUCUNE TECHNIQUE AVANCÉE, LÀ-DEDANS.
SPLAASH
SPLAASH
C'EST JUSTE QU'IL EST TELLEMENT RAPIDE...
HÉ
HÉ

QUE LES MONSTRES SEMBLENT EXPLOSER D'EUX-MÊMES.
TU VEUX DIRE QU'IL NE FAIT QUE SE DÉPLACER, SANS UTILISER DE MAGIE ?
QU'EST-CE QU'IL A BIEN PU FAIRE TOUT SEUL DANS CETTE TOUR ?
WOOOSH
J'AI ENTENDU DES RUMEURS, MAIS EN ÊTRE TÉMOIN C'EST AUTRE CHOSE...
BIP
BIP
MPS RESTANT
00:01
34 : KIM HY
:00
BIP
BIP
BIP
IL EST DEVENU UN VÉRITABLE MONSTRE.
FIN...
FIN DE L'ÉPREUVE !

NOMBRE TOTAL DE MONSTRES ÉLIMINÉS...
2... 248.
HÉ
HÉ
HÉ HÉ...

QSDF
WOW ! SÉRIEUX ? C'EST BIEN LA DEUXIÈME ÉPREUVE DE L'ÉVAL DES RANGS ?
COMMENTAIRES
99
LIVE
JINDDOTOPGUY
LA PREMIÈRE FOIS QUE J'AI VU CE GARS, JE L'AI PRIS POUR UN MAGE DE RANG S ^^; J'AI CRU QU'IL UTILISAIT UN BLINK LOL
COMMENTAIRES
75 4
YUNWON.SURLESENTIERFLEURI
OUAIS, APPAREMMENT. C'EST PAS UN FAKE CETTE VIDÉO ?
COMMENTAIRES
41
20,932 35,831
MISTERQUENCYTREE
J'AI EU LA MÊME RÉACTION QUE LES GENS DANS LA VIDÉO XD
63
COMMENTAIRES
TW
LES NOUVEAUX ONT UN HAUT NIVEAU DE MAGIE ? IL SE PASSE QUOI ?
RANG SSS : J'AI ENTENDU QUE ÇA PARLAIT DE NI DE MAGIE ÉLEVÉ, MAIS AUSSI DE DÉPLACEMEN SUPERSONIQUES PAR SIMPLE CAPACITÉ PHYSI ET CES PUTAINS DE CAMÉRAS QUI N'ONT PAS É FOUTUES D'IMMORTALISER ! LA LOUZE X)
CHASSEUR DE RANG A : DÉMENT ! SI SON NIVEAU DE MAGIE AUGMENTE À MESURE QU'IL GAG G, CE SERA UN VRAI KING !
CHAUVEVOLÉ : C'EN EST DÉJÀ UN, NAN
OO : J'AI VU CETTE PERSONNE DANS ONE-SHOT BALROG À LUI SEUL !
GRR
CHASSEUR D'OUTRE-MONDE : C'EST L'EXPERT QUI A FAIT 12 ANS
BRR BRR
DONGCITYHUNTER : YEP
IRFORTUNÉ : SÉRIEUX ? EL ? J'AI TOUJOURS CRU BAINE MDR
SAMAJESTÉZX DE RANGS : JUUURE DES CONNERIES ? COMMENT IL PEUT AVOIR UNE FORCE PAREILLE ?
IL A FAIT QUE LEVEL UP QUAND IL ÉTAIT FERMÉ ? C'EST PAS HUMAIN ! MÊME DANS TOUR ! C'EST CHAUD !
BRR BRR

CRAC
...
MERDE...
FRSH
MERDE !!
BANG
BANG
BON SANG !
JE ME SUIS PRÉPARÉ SI DUR POUR ÇA !
FRSH
FRSH

QUAND TOUT LE MONDE GLANDAIT, MOI J'ÉTAIS TOUJOURS PRÊT À CHASSER NE SERAIT-CE QU'UNE CRÉATURE DE PLUS.
BRR
BRR
J'AI UTILISÉ LES MÉTHODES LES PLUS LÂCHES POUR AUGMENTER MON NIVEAU !
QUITTE À ME FAIRE TRAITER DE SKILL STEALER !
FICHU EXPERT DE MES DEUX !
RAAAAAAH !
C'EST PAS JUSTE !
POURQUOI CRÉER UN PERSO SI OP ?
FWIT
QU'EST-CE QUE C'EST ?

LA LISTE DES GUILDES QUI SOUHAITENT VOUS RENCONTRER.
JE SUIS RESPONSABLE DE L'INFORMATION AU SEIN DE L'ASSOCIATION DES CHASSEURS DE CORÉE.
FWIP
JE M'APPELLE ALICE.
OH...
BON RETOUR PARMI NOUS.
COMME VOUS AVEZ DÛ EN ÊTRE INFORMÉ AVANT L'EXAMEN...
BIEN DES CHOSES ONT CHANGÉ DEPUIS L'APPARITION DES TOURS.
LABYRINTHES, DONJONS, MENACES DES MONSTRES QUI EN ÉMERGENT...
MAIS, AU-DELÀ DE CES RISQUES, DE BELLES OPPORTUNITÉS PEUVENT AUSSI S'OFFRIR À VOUS.

LES GUILDES CHERCHENT CONSTAMMENT À RECRUTER DES CHASSEURS TALENTUEUX...
POUR AFFRONTER LES DANGERS EN ÉQUIPE ET DÉCROCHER DES RÉCOMPENSES.
J'AI LA DALLE. QU'EST-CE QUE JE VAIS MANGER, TOUT À L'HEURE ?
MONSIEUR KIM ?
EUH, OUI ?
VOUS AVEZ L'AIR PRÉOCCUPÉ.
AH...
ARGH
FAIT AUSSI PARTIE DE VOTRE MISSION DANS L'ASSOCIATION ?
ME TRANSMETTRE CETTE LISTE...
JE SUIS VENUE À TITRE PERSONNEL.
...

JE SOUHAITAIS VOIR DE MES PROPRES YEUX CE FAMEUX EXPERT QUI MET LE MONDE EN ÉMOI.
MAIS AUSSI VOUS TRANSMETTRE CECI.
FWIT
ARES
LE CONTRAT DE LA GUILDE ARES... QUI RÉUNIT LES DROITS ET DEVOIRS DE SES MEMBRES...
il est vachement épais.
HUM
VOUS DEVRIEZ AVANT TOUT JETER UN COUP D'ŒIL À LA SECTION SUR LA PRIME D'ENGAGEMENT.
ARTICLE 1 : SALAIRE.
LA GUILDE S'ENGAGE À PAYER SANS DÉLAI LE MONTANT STIPULÉ CI-APRÈS, EN UN VERSEMENT UNIQUE, DÈS LA SIGNATURE DUDIT CONTRAT.
UN, DIX, CENT, MILLE, DIX MILLE...
...
ALORS ?

*NDT : environ 7 millions d'euros.

*NDT : 215 000 €
**NDT : 935 000 €

QU'IMPORTE LA HAUSSE DES PRIX DE L'IMMOBILIER, VOUS N'AVEZ PAS À VOUS EN INQUIÉTER.
CONSIDÉREZ CES 10 MILLIARDS COMME UNE SIMPLE AVANCE.
SI VOUS LE SOUHAITEZ...
LA GUILDE ARES EST PRÊTE...
À DOUBLER LA PRIME INITIALE AU RENOUVELLEMENT DU PRÉSENT CONTRAT.
LA DOU... LA DOUBLER ? CE QUI FERAIT 20 MILLIARDS DE WONS ?
c'est ça.
BIEN SÛR, LES GAINS OBTENUS DANS LES LABYRINTHES DEVRONT ÊTRE PARTAGÉS AVEC LA GUILDE...
MAIS CETTE RÉPARTITION SE FERA LARGEMENT EN VOTRE FAVEUR.
AUTRE QUESTION...
EST-CE QUE PROPOSER CE GENRE DE CONTRATS FAIT AUSSI PARTIE DU TRAVAIL DE RESPONSABLE ?

DISONS QUE J'ENTRETIENS UN LIEN ÉTROIT AVEC ARES.
SON RECRUTEUR M'A PRIÉ DE VOUS TRANSMETTRE LEUR OFFRE.
JE SUIS POURTANT CERTAIN D'AVOIR ENTENDU QUE LE RECRUTEMENT ÉTAIT INTERDIT TANT QUE LES CHASSEURS SE TROUVAIENT AU SEIN DE L'ASSOCIATION.
HA
HA
RASSUREZ-VOUS, RIEN NE VOUS OBLIGE À VOUS DÉCIDER TOUT DE S...
MA DÉCISION EST DÉJÀ PRISE.
JE N'AI JAMAIS EU L'INTENTION DE REJOINDRE UNE GUILDE.
FWISH
ARES
PLAÎT-IL ?

VOTRE PLAISANTERIE EST D'ASSEZ MAUVAIS GOÛT...
C'EST POURTANT CLAIR. JE N'ENTRERAI DANS AUCUNE GUILDE.
CE N'EN EST PAS UNE.
JE N'AI PAS L'INTENTION DE TRAVAILLER POUR UNE GUILDE, NI QUOI QUE CE SOIT QUI Y RESSEMBLE DE PRÈS OU DE LOIN.

DANS CE MONDE, TOUT EST TOUJOURS DONNANT-DONNANT.
AUCUNE CHANCE QU'ILS M'AVANCENT UNE TELLE SOMME SANS RIEN ATTENDRE EN RETOUR.
POUF
SI J'ACCEPTE...
TOUT UN TAS DE TRUCS ULTRA CHIANTS ME TOMBERONT DESSUS.
O-RINGS
UNICORN
OKTOPUS
TOUT CE QUE JE DÉTESTE...
MOI, JE VEUX ÊTRE TRANQUILLE.
TILT

ET MENER MA VIE COMME JE L'ENTENDS.
VOUS N'ENVISAGEZ PAS D'EXERCER EN TANT QUE CHASSEUR ?
FFT FFT
JE N'AI PAS DIT ÇA.
J'AI APPRIS RÉCEMMENT...
QUE CERTAINS OPÉRAIENT SEULS.
VOUS PARLEZ DES MERCENAIRES ?
ILS SE SONT FORMÉS EN TRAVAILLANT DANS DES GUILDES.
EXPLORER SEUL UN LABYRINTHE EST IMPOSSIBLE POUR UN CHASSEUR INEXPÉRIMENTÉ.
PERMETTEZ-MOI D'EN DOUTER.

QUELLE ARROGANCE !
LA RÉALITÉ VOUS RATTRAPERA.
SI VOUS CHANGEZ D'AVIS, MON NUMÉRO SE TROUVE SUR LA CARTE DE VISITE QUE JE VOUS AI DONNÉE.
FWIP
C'EST ÇA...
C'EST DOMMAGE...
SI J'AVAIS SU DÈS LE DÉBUT POUR LES MERCENAIRES...
GRRRRR
HAA...
J'AURAIS PIONCÉ TRANQUILLE AU LIEU DE ME COLTINER CE STUPIDE EXAM !

J'AI TELLEMENT LA HAINE QUE JE N'ARRIVE PAS À TROUVER LE SOMMEIL !
FWIT
JE M'ENNUIE... AUTANT EN PROFITER POUR JETER UN COUP D'ŒIL À CE PAPIER.
FLIP
ALORS C'EST LA LISTE DES GUILDES QUI SOUHAITENT ME RENCONTRER, HEIN ?
ILS SE SONT FATIGUÉS POUR RIEN.
KIM SIHYEON
SÉOUL
HAN SEOGWON
ARANG
OH ?

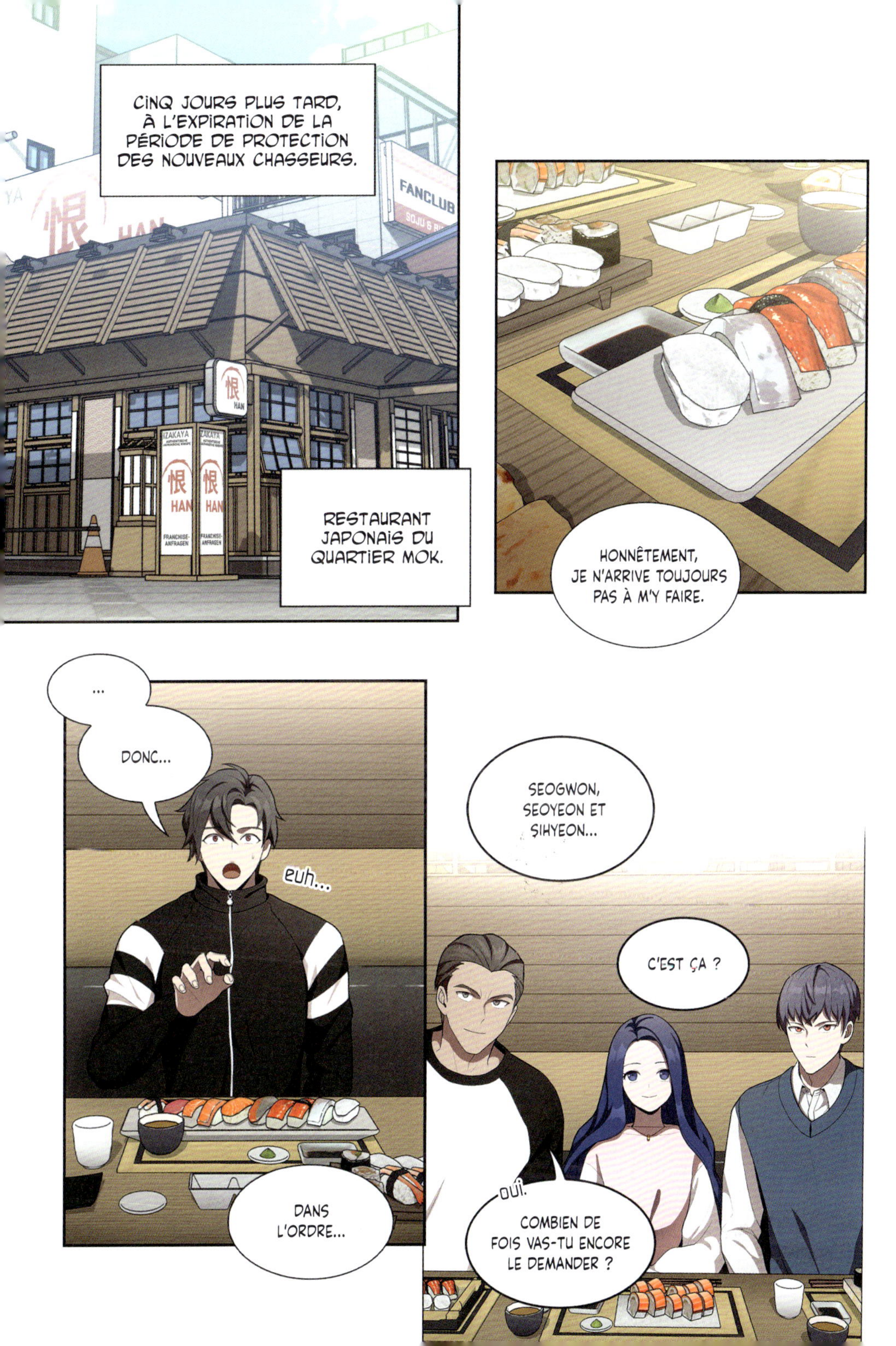

CINQ JOURS PLUS TARD, À L'EXPIRATION DE LA PÉRIODE DE PROTECTION DES NOUVEAUX CHASSEURS.
FANCLUB
HAN
IZAKAYA
HAN
HAN
FRANCHISE-ANFRAGEN
RESTAURANT JAPONAIS DU QUARTIER MOK.
HONNÊTEMENT, JE N'ARRIVE TOUJOURS PAS À M'Y FAIRE.
...
DONC...
euh...
DANS L'ORDRE...
SEOGWON, SEOYEON ET SIHYEON...
C'EST ÇA ?
OUI.
COMBIEN DE FOIS VAS-TU ENCORE LE DEMANDER ?

ARGH
SEOGWON AVAIT MON ÂGE...
IL A BIEN VIEILLI.
SIHYEON, CE LYCÉEN PLEURNICHARD, EST DEVENU UN SACRÉ BEAU GOSSE.
QUANT À SEOYEON, QUI ÉTAIT COLLÉGIENNE À L'ÉPOQUE, C'EST CARRÉMENT UNE AUTRE PERSONNE !
alors...
ICI, ON A SIHYEON ?

LE GAMIN TOUJOURS À PLEURER DANS MES PATTES JUSQU'À CE QU'ON AFFRONTE LE BOSS DU 50E ÉTAGE...
MOINS FORT !
FRANCHEMENT ! POURQUOI FAUT-IL QUE CE SOIT ÇA QUI TE REVIENNE ?
SEOYEON QUI, DEVANT UNE BANSHEE DU 14E, S'EST FAIT PIPI DESS...
CONTINUE TA PHRASE POUR VOIR.
JE TE PRÉVIENS, JE NE TE LOUPERAI PAS.
AH, PAS DE DOUTE, C'EST BIEN SEOYEON !
EN TOUT CAS, JE SUIS CONTENT DE VOUS VOIR !
ET CES SUSHIS SONT DÉLICIEUX !
miam...
COMMENT J'AI PU TENIR DOUZE ANS SANS EN MANGER ?
TU TE RAPPELLES ?
QUAND ON A ATTRAPÉ CETTE CRÉATURE À MOITIÉ POISSON DU 70E ÉTAGE...
haa !
TU N'ARRÊTAIS PAS DE RÉPÉTER QUE TU AVAIS ENVIE DE SUSHIS.

ah, je m'en souviens !
IL AVAIT EMPRUNTÉ LA LAME DE SEOGWON POUR TAILLER SA QUEUE EN SASHIMIS !
SPLASH
AH MAIS OUI, ÇA ME REVIENT AUSSI, HA HA !
IL VOULAIT EN FAIRE DE JOLIES TRANCHES, QU'IL DISAIT !
SPLASH

TU ÉTAIS DÉJÀ TELLEMENT LOUFOQUE À L'ÉPOQUE...
QUE, QUAND ON ENTENDAIT DES HISTOIRES SUR TES EXPLOITS, MÊME UNE FOIS SORTIS DE LA TOUR...
ON NE SE FAISAIT PAS TROP DE MOURONS POUR TOI.
MES EXPLOITS ?
DE QUOI VOUS PARLEZ ?
C'EST QUE TU ES CÉLÈBRE.
TES AVENTURES DANS LA TOUR ÉTAIENT RACONTÉES À LA TÉLÉ.
OUPS
QUOI ?!

MES... MES PITRERIES... RACONTÉES À LA TÉLÉ ?
LESQUELLES ?
HUMPF
IL Y EN A TELLEMENT !
BAM
BAM
EST-CE QU'ILS PARLENT... DE LA FOIS OÙ J'AI FINI LE DONJON À POIL ?
GNIÉ
GNIÉ
DE CELLE OÙ JE ME SUIS DÉGUISÉ EN GOLLUM ?

JE DIRAIS QUE TA FRASQUE LA PLUS CÉLÈBRE EST QUAND TU AS VAINCU LE BOSS D'UN DONJON EN ACCOMPLISSANT UNE DANSE RIDICULE.
IL Y A AUSSI CETTE HISTOIRE OÙ TU T'ES OUVERT UN CHEMIN DU 1ER AU 10E ÉTAGE D'UN SIMPLE COUP DE PIED.
mon dieu...
OK... JE PLAIDE COUPABLE.
PLUS SÉRIEUSEMENT, HYEONU. QU'EST-CE QUE TU AS FAIT DANS CETTE TOUR ?

DUM
TCHA
DUM
TCHA
DUM
DUM
TCHA
?!
HOP
HOP
VAINCRE LE BOSS DU DONJON EN DANSANT...

AAH...
NIOM
NIOM
GLOUP
C'ÉTAIT JUSTE UN TEST...
HI HI
POUR VOIR SI ÇA ME PERMETTRAIT DE ME TIRER.
HA HA HA

QUANT À MA PERCÉE SUR 10 ÉTAGES...
C'ÉTAIT MÊME PAS VOULU ! C'ÉTAIT UN COUP DE FRUS-TRATION.
waouh...
JE ME DISAIS PENDANT L'EXAMEN QUE TU ÉTAIS DEVENU UN MONSTRE...
ET, À T'ENTENDRE, ÇA SE CONFIRME.
incroyable !
IMAGINEZ-VOUS ÊTRE COINCÉ LÀ-DEDANS.
ON FINIT PAR ESSAYER TOUT ET N'IMPORTE QUOI.
MAIS J'Y PENSE !
MON DISCIPLE DOIT ÊTRE SORTI !
TON DISCIPLE ?

OUAIS...
JE NE ME RAPPELLE PLUS À MA COMBIENTIÈME ASCENSION C'ÉTAIT...
JE TRAÎNAIS ENTRE LE 50E ET LE 60E ÉTAGE.
WOOOOOSH
ET, IL Y AVAIT CE PETIT QUI S'ÉTAIT RETROUVÉ À LA TRAÎNE.
BRR
BRR
JE SENS LA PRÉSENCE D'UNE ÂME ERRANTE !

GWOOOOO
UN... UN MONSTRE ?

FWIP
..?
JE SERAI
TON GUIDE !
GNIP

C'ÉTAIT PILE À L'ÉPOQUE OÙ JE M'AMUSAIS À CRÉER UN ART MARTIAL.
DU COUP, JE L'AVAIS PRIS COMME DISCIPLE.
un art martial ?
ENCORE UN TRUC SORTI DE NULLE PART.
VOUS SAVEZ, QUAND DANS LES MANGAS OU LES ROMANS D'AVENTURE...
LE HÉROS FINIT PAR SE TIRER D'AFFAIRE APRÈS AVOIR EU UNE ILLUMINATION ?
JE ME DISAIS...
QU'IL EN SERAIT PEUT-ÊTRE DE MÊME POUR MOI.
HA HA HA

SI TU RENVERSES, C'EST MOI QUI TE ZIGOUILLE !
GROOOW
ATTENTION ! RESTE CONCENTRÉ !
BRR
BRRR
TU N'ES MÊME PAS FICHU DE BRISER CE PILIER AVEC TON CHI ?
BRRR
BRR
GNIP
CONCENTRE-TOI DAVANTAGE SUR TON ABDOMEN POUR OUVRIR TES CHAKRAS !

MAIS BON, TOUT CE QUE JE SAVAIS FAIRE, C'EST UTILISER MA FORCE.
C'ÉTAIT DU GRAND N'IMPORTE QUOI.
QUAND J'Y REPENSE, JE ME SENS DÉSOLÉ POUR CE GOSSE.
D'AUTANT PLUS QUE J'ÉTAIS VRAIMENT HORRIBLE AVEC LUI !
UN VRAI SADIQUE !
UNE CHANCE QUE JE PORTAIS UN MASQUE.
OUPS
J'ESPÈRE NE JAMAIS LE CROISER À L'EXTÉRIEUR.

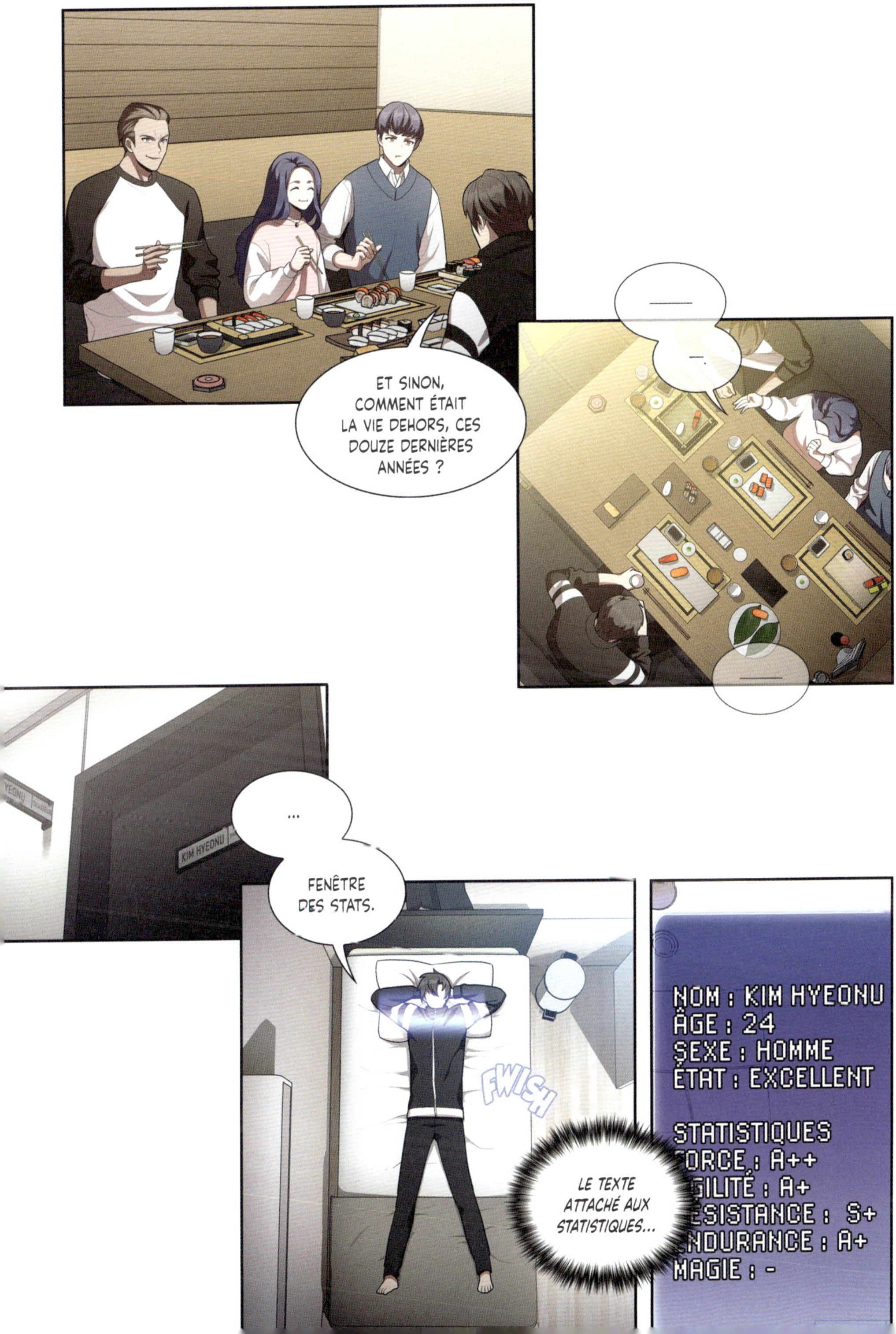

ET SINON, COMMENT ÉTAIT LA VIE DEHORS, CES DOUZE DERNIÈRES ANNÉES ?
——
—.
——
KIM HYEONU
...
FENÊTRE DES STATS.
FWISH
NOM : KIM HYEONU
ÂGE : 24
SEXE : HOMME
ÉTAT : EXCELLENT
STATISTIQUES
ORCE : A++
GILITÉ : A+
ÉSISTANCE : S+
NDURANCE : A+
MAGIE : -
LE TEXTE ATTACHÉ AUX STATISTIQUES...

CELUI QUI M'INFORMAIT QUE J'AVAIS ATTEINT LA LIMITE DU TUTORIEL...
IL A DISPARU.
LE 36 RELATIF À MON ÂGE N'EST PLUS LÀ, LUI NON PLUS.
CONTRAIREMENT AU 24...
DOUZE ANNÉES SE SONT BIEN VOLATILISÉES.
Mais je m'en fiche de l'âge !
DÉSORMAIS, JE VAIS POUVOIR GAGNER MA CROÛTE...
ET MENER LA VIE QUE JE VEUX JUSQU'À CE QUE JE PASSE L'ARME À GAUCHE.
SEXE : HOMME
ÉTAT : EXCE
STATISTIQ
FORCE : A
AGILITÉ : A
RÉSISTANCE :
ENDURANCE : A+
MAGIE : -
CHANCE : B
SKILL : -
POURQUOI C'EST ENCORE LÀ, ÇA ?
FWIT
[LA BOUCLE EST DÉBLOQU !]
OUCLE EST DÉBLO
TAC

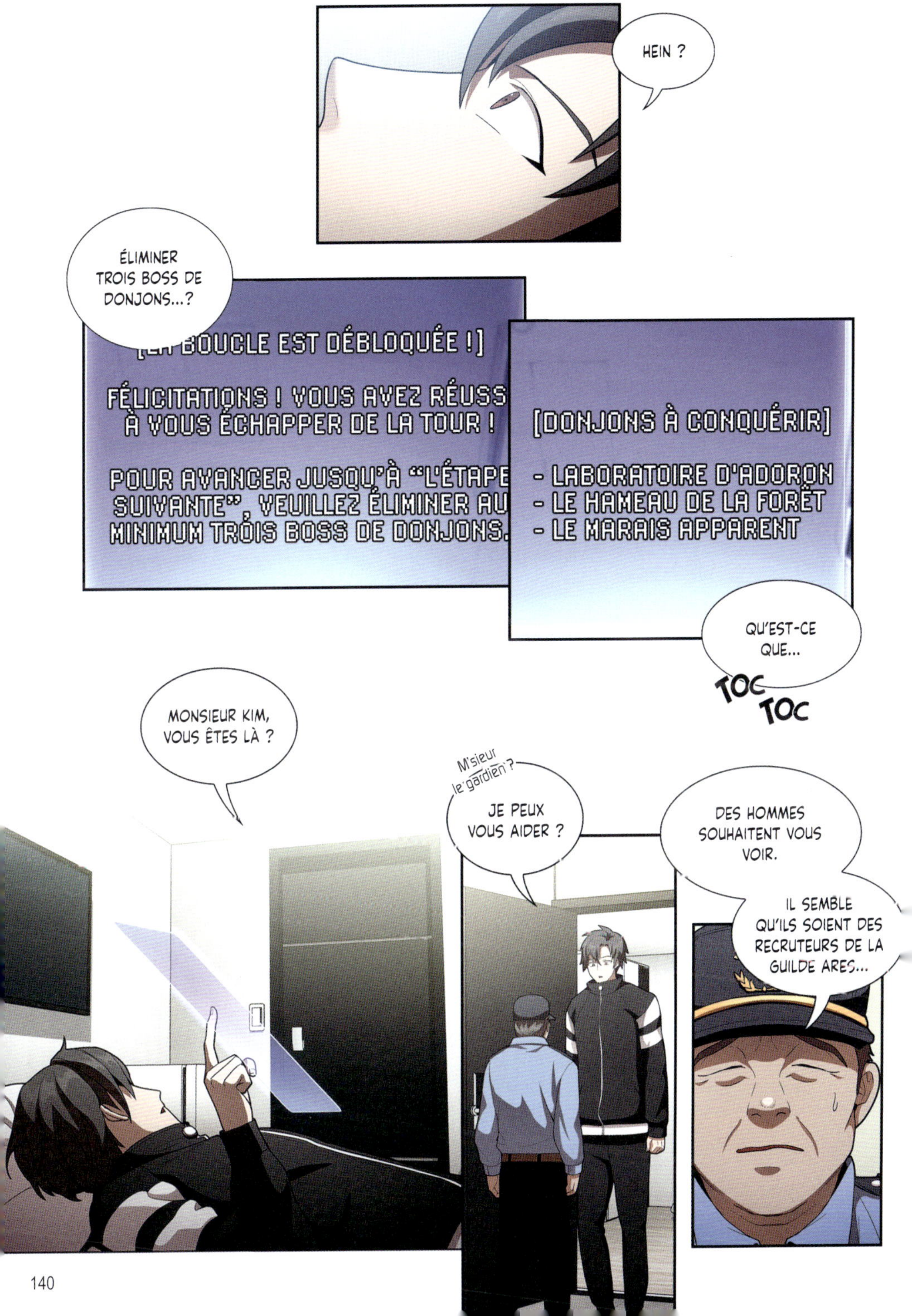
HEIN ?
ÉLIMINER TROIS BOSS DE DONJONS...?
BOUCLE EST DÉBLOQUÉE !]
FÉLICITATIONS ! VOUS AVEZ RÉUSS
À VOUS ÉCHAPPER DE LA TOUR !
POUR AVANCER JUSQU'À "L'ÉTAPE
SUIVANTE", VEUILLEZ ÉLIMINER AU
MINIMUM TROIS BOSS DE DONJONS.
[DONJONS À CONQUÉRIR]
- LABORATOIRE D'ADORON
- LE HAMEAU DE LA FORÊT
- LE MARAIS APPARENT
QU'EST-CE QUE...
TOC TOC
MONSIEUR KIM, VOUS ÊTES LÀ ?
M'sieur le gardien ?
JE PEUX VOUS AIDER ?
DES HOMMES SOUHAITENT VOUS VOIR.
IL SEMBLE QU'ILS SOIENT DES RECRUTEURS DE LA GUILDE ARES...

DITES-LEUR QUE J'IRAI PAS.
FFT
ILS... ILS M'ONT DEMANDÉ D'INSISTER...
IL S'AGIT DE LA GUILDE ARES, TOUT DE MÊME...
GLOUP
AHEM
JE SAIS QUE C'EST PÉNIBLE, MAIS COMPRENEZ LA SITUATION...
...
ON DIRAIT QUE...
JE VAIS DEVOIR METTRE LES CHOSES AU CLAIR, SINON ILS CONTINUERONT DE ME CASSER LES PIEDS.
D'ACCORD, VA POUR CETTE FOIS. JE DOIS ALLER OÙ ?
ILS VOUS ATTENDENT DANS LE SALON DU PREMIER ÉTAGE.

DU DUM
ah-!
MONSIEUR KIM HYEONU ?
JE PENSAIS AVOIR ÉTÉ CLAIR...
DANS MON REFUS DE REJOINDRE UNE GUILDE.
KANG BYEONGHO, RESPONSABLE DES RESSOURCES HUMAINES AU SEIN DE LA GUILDE ARES.
FWIP
ARES
VOUS ÊTES SÛR ?
DE ?

JE DOUTE QUE VOUS PARVENIEZ À ÉVOLUER...
HA HA
SANS REJOINDRE NOTRE GUILDE.
SI VOUS LA RALLIEZ, EN REVANCHE...
SACHEZ QUE VOUS SEREZ EXEMPTÉ DE CORVÉES SUPERFLUES.
...
DIS-MOI...

TU T'ES DÉPLACÉ JUSQU'ICI À UNE HEURE AUSSI TARDIVE...
POUR ME MENACER ?

TU SAIS À QUI TU T'ADRESSES ? ESPÈCE DE...
WIP
TOUT DOUX.

VOUS DEVRIEZ RECONSIDÉRER VOTRE SITUATION, MONSIEUR KIM.
VOUS L'IGNOREZ PEUT-ÊTRE, MAIS NOTRE GUILDE EST...
JE SAIS.
ELLE S'EST APPROPRIÉ PLUS DE LA MOITIÉ DES DONJONS DE CORÉE, ET SES MEMBRES NE SONT QU'UNE BANDE D'ORDURES INGRATES.
DES BILLETS D'ENTRÉE POUR LES DONJONS ?
LA GUILDE ARES DÉTIENT LE MONOPOLE SUR 66% DES DONJONS DU PAYS.
c'est une blague ?
ILS SE CROIENT OÙ ? DANS UN PARC D'ATTRACTIONS ?

LE PIRE, C'EST QU'ILS ONT LA MAINMISE SUR LES DONJONS DE CLASSE D, UTILISÉS PAR LES DÉBUTANTS...
ET CEUX DE CLASSE A, PARFAITS POUR LE FARMING.
ILS SONT FINANCÉS PAR DES CAPITAUX ÉTRANGERS ET UTILISENT LEUR ARGENT À TOUT-VA.
SI UN DÉBUTANT VEUT ACCUMULER DE L'EXPÉRIENCE OU UN VÉTÉRAN CONSERVER SON GAGNE-PAIN...
ILS N'ONT PAS D'AUTRE CHOIX QUE D'ACHETER LEURS BILLETS QUI COÛTENT UN BRAS, OU DE REJOINDRE LEUR GUILDE.
HA...
BAM
ILS FORCENT LES CHASSEURS À CHOISIR L'UN OU L'AUTRE.

ON A BEAU ÊTRE DANS LES LOCAUX DE L'ASSOCIATION, FAIS ATTENTION À CE QUE TU DIS.
TU CROIS QU'IL N'Y A PERSONNE DE CHEZ NOUS, ICI ?
SHHHH

JE SERAI BREF.
ÉTUDIE SÉRIEUSEMENT NOTRE OFFRE.

...
SHHHH
TU N'AS PAS L'AIR DE SAISIR LA SITUATION.
VLAM
...
BANG

MON COLLÈGUE ICI PRÉSENT EST UN REDOUTABLE CHASSEUR DE RANG A.
TU CROIS POUVOIR T'Y FROTTER ?
PFF
sérieux...
QUELLE BELLE BROCHETTE DE POURRITURES !
WIP
GRRR
...?
VENEZ, JE VOUS ATTENDS.
FWIP

UNE BONNE RACLÉE VOUS REMETTRA LES IDÉES EN PLACE.
VOUS ALLEZ AVOIR DROIT À MA CLAQUETTE.
WIP WIP
GRRR
CRÈVE !!
JE VAIS TE MONTRER, PETIT MERDEUX !
HUOOUSH
FWIP

SLAP
KOF !

BOOM

?!
DONG
URGH...!
SHHHHHHHH
CONTINUE TES CONNERIES POUR VOIR !

VOICI DONC LE FAMEUX EXPERT...
IL EST PLUS IMPRESSIONNANT QUE JE NE M'Y ATTENDAIS.
hmm...
CECI DIT...
C'EST UN VANTARD QUI NE VOIT PAS PLUS LOIN QUE LE BOUT DE SON NEZ.
POUR L'INSTANT, TU TE CROIS PEUT-ÊTRE LE PLUS FORT...
ARES

TCHAC
SPLA
ASH
!!
SOIT PLUS DES DEUX TIERS.
TAP
...

FIOU...
FSSSSH
MON 1 349E SUCCÈS.

SCHLING
PFIOU...
TAP
TAP
TAP
TAP
ET MAINTENANT...
BIENVENUE.
DING

DING
BIENVENUE DANS LA TOUR TUTORIEL.
DING
EN AVANT POUR LE 1 350E !
HÉ HÉ HÉ HÉ HÉ HÉ...
HÉ HÉ HÉ...
HÉ HÉ
HÉ HÉ HÉ HÉ...
...
FSSSH

RAAAH, MAIS BORDEL !
BORDEL !
RENVOIE-MOI CHEZ MOI !
CHEZ MOI !
POF
TSS...
...
FENÊTRE DES STATS !
ZIIING
NOM : KIM HYEONU
ÂGE : 24 (36)
SEXE : MASCULIN
ÉTAT : EXCELLENT
STATISTIQUES
FORCE : A++
[VOUS AVEZ ATTEINT LA LIMITE MAXIMALE DU TUTORIEL !]
AGILITÉ : A+
[VOUS AVEZ ATTEINT LA LIMITE MAXIMALE DU TUTORIEL !]
RÉSISTANCE : S+
[VOUS AVEZ DÉPASSÉ LA LIMITE
DU TUTORIEL. +3 AU-DE
ENDURANCE : A+
[VOUS AVEZ ATTEINT
MAGIE : -
CHANCE : B
SKILL
JOUEUR DU TUTORIEL
[LA BOUCLE EST DÉBLOQUÉE !]
MES STATS N'AUGMENTENT MÊME PLUS, DÉSORMAIS...

DOUZE ANS AUPARAVANT...
BOOUM
GRRR
!
DING
TOUR TUTORIEL TERMINÉE !
FÉLICITATIONS !
ON A RÉUSSI ?

ON PEUT ENFIN RENTRER !
HOURRA !
SANS TOI, ON N'AURAIT JAMAIS PU SORTIR EN UN SEUL MORCEAU, HYEONU.
VOUUUUM
NE NOUS SNOBE PAS QUAND ON SERA À L'EXTÉRIEUR, HEIN ?
MAIS NON !
PAS APRÈS CE QU'ON A TRAVERSÉ ENSEMBLE !
VOUUUUM
ON SE CONTACTE UNE FOIS DEHORS !

DING
BIENVENUE DANS LA TOUR TUTORIEL.
HEIN ?
OÙ SONT LES AUTRES ?
MINUTES... C'EST LE PREMIER ÉTAGE DE LA TOUR !
CE N'EST QUE TARDIVEMENT, APRÈS AVOIR À NOUVEAU ACHEVÉ LA TOUR AVEC DES RÉQUISITIONNÉS ARRIVÉS APRÈS LUI...

QUE HYEONU DÉCOUVRIT LES INFORMATIONS FOURNIES PAR LA FENÊTRE DES STATISTIQUES.
SKILL
[JOUEUR DE LA TOUR TUTORIEL.]
[VOUS AVEZ ÉTÉ FRAPPÉ PAR LA MALÉDICTION DE LA TOUR.]
LA MALÉDICTION ?
C'EST QUOI CES CONNERIES ?
EH ! TOUR INFERNALE DE MES DEUX !
BAM
BAM

TERMINER LA TOUR SEUL DU DÉBUT À LA FIN.
J'AI FONCÉ SANS VRAIMENT RÉFLÉCHIR...
JE N'ARRIVE PAS À CROIRE QUE ÇA AIT FONCTIONNÉ...
HUF
HUF
HUF
LA COMPLÉTER DIX FOIS DE SUITE.
CRIII
ACCROÎTRE SA FORCE PHYSIQUE JUSQU'À LA LIMITE DU POSSIBLE, ETC.
CRAK
DÉTRUIRE LES COLONNES DE PIERRE EST UN JEU D'ENFANT, À PRÉSENT !

BIENVENUE DANS LA TOUR TUTORIEL.
VA TE FAIRE !
RIEN NE FONCTIONNAIT.

APRÈS CINQ ANNÉES À ESSAYER DÉSESPÉRÉMENT TOUTES SORTES DE TACTIQUES...
HA HA...
HA HA
PLUTÔT QUE DE SE TOURMENTER PLUS LONGTEMPS...
IL CHOISIT DE TIRER PROFIT DE LA SITUATION EN S'AMUSANT À SA MANIÈRE.
QUE VOIS-JE ? DES ÂMES ERRANTES EN APPROCHE !
C'est un nouveau type de monstre ?
LE MANUEL DE STRATÉGIE N'EN FAISAIT PAS MENTION !
433E TENTATIVE D'ASSAUT DE LA TOUR : CONCEPT DU PNJ QUI GUIDE LES NOVICES.
J'AI UNE QUÊTE POUR VOUS !
512E TENTATIVE : CONCEPT DE L'INSTRUCTEUR QUI FORME LES JEUNES RECRUES.
INSTRUCTEUR
J'AI POUR MISSION D'ÉRADIQUER TOUTE FAIBLESSE QUI CROUPIT EN VOUS...
ET DE FAIRE DE VOUS DES SURVIVANTS !
MAIS CELA NE DURA QU'UN MOMENT.

CAR IL SUPPORTAIT PLUS DIFFICILEMENT SON SORT, À FORCE D'ENTENDRE DES NOUVELLES DU MONDE EXTÉRIEUR DE CEUX QUI S'APPRÊTAIENT À QUITTER LA TOUR.
enfin la maison !
on part devant !
S'ENSUIVIRENT DES ASCENSIONS RÉPÉTITIVES AFIN DE CONTRER L'ENNUI...
ET DOUZE ANS PASSÈRENT AINSI.
J'AI BEAU EXAMINER ENCORE ET ENCORE CETTE FENÊTRE DE STATS...
POUF
RIEN NE CHANGE.
RÉSISTANCE : S+
[VOUS AVEZ DÉPASSÉ LA LIMITE MAXI
DU TUTORIEL. +3 AU-DESSUS DE LA
ENDURANCE : A+
[VOUS AVEZ ATTEINT LA LIMITE MAX
MAGIE : -
CHANCE : B
VRAIMENT RI...
SKILL
JOUEUR DU TUTORIEL
[LA BOUCLE EST DÉBLOQUÉE !]

[LA BOUCLE EST DÉBLOQUÉE !]
ATTENDS...
FWISH
QUOI ?!
[LA BOUCLE EST DÉBLOQUÉE !]
FÉLICITATIONS !
À LA PROCHAINE ASCENSION DE LA TOUR, VOUS SEREZ AUTORISÉ À EN SORTIR !
DING
!!
HÉ HÉ...
HÉ HÉ HÉ HÉ HÉ HÉ !
YAHOUUUUU

ENFIN !
À MON TOUR !
GWOOOO
SHTAK

DE RENTRER !
FWOOOOOSH
À LA MAISON !!

À LA DÉCOUVERTE DES CHASSEURS
IL FAUT AU MINIMUM DIX MOIS POUR COMPLÉTER LA TOUR TUTORIEL...
PENSEZ-VOUS CETTE 18E SESSION CAPABLE DE BATTRE CE RECORD ?
DIFFICILE À DIRE.
LE NOMBRE DE RÉQUISITIONNÉS VARIE EN FONCTION DES SESSIONS...
ET LEUR SORT PEUT CHANGER DU TOUT AU TOUT SELON L'UNITÉ DU GROUPE.
YI SEOYEON, CHEFFE DE LA GUILDE ARANG
KIM SIHYEON, CHEF DE LA GUILDE SÉOUL
IL EST ÉGALEMENT CRUCIAL DE VOIR QUELLES STRATÉGIES FONCTIONNENT SELON LES CAPACITÉS DE CHACUN.
HAN SEOGWON, CHEF DE LA GUILDE GOGURYEO
ET, SURTOUT, DE PRENDRE EN COMPTE QUE LE VÉRITABLE CHALLENGE COMMENCE À PARTIR DU 51E ÉTAGE.
CAR C'EST APRÈS CELUI-CI QUE SE PRÉSENTENT, TOUS LES DIX ÉTAGES, DES BOSS DONT LE NIVEAU EST PARTICULIÈREMENT ÉLEVÉ.

LA CHANCE N'ENTRE DONC PLUS EN JEU.
BOUM
BOUM
60E ÉTAGE DE LA TOUR TUTORIEL
TILT
GREUH ?
BOUM
BOUM
BRAOUM

BON SANG !
C'QUE C'EST CHIANT !
BANG
70E ÉTAGE !
BOUM
80E ÉTAGE !
90E ÉTAGE !!
BRWOOO
ALLEZ TOUS EN ENFER !
BOUM
BRRR
BA
BANG

TAP
ET DE 100 !
DO DOM
AAAAAH !

JE RENTRE CHEZ MOI !
PAF
BOUM
BOUM
BOOUM

ZONE DE SUPERVISION INSTALLÉE À L'ENTRÉE DE LA TOUR TUTORIEL

QUARTIER CHEONHO, DISTRICT DE GANGDONG
BUREAU D'OBSERVATION DE L'ASSOCIATION DES CHASSEURS DE CORÉE
QU'EST-CE QUE... ÇA ALORS !
LA TOUR S'EST OUVERTE ?
INCROYABLE ! UN NOUVEAU RECORD !
VOUUUM
FLASH
PRÉPAREZ-VOUS À VÉRIFIER LA LISTE DES SURVIVANTS !
BI... BIEN !

VOUUUUM
TAP TAP
...
HÉ HÉ HÉ...

FÉLICITATIONS !
FWIT
VOUS AVEZ SURVÉCU À LA TOUR TUTORIEL !
BEAU TRAVAIL !
FWIP
ATTENDS... JE SUIS BIEN DEHORS, ALORS ?
C'EST BIEN ÇA... POURRAIS-JE AVOIR VOTRE NOM ?
IL ME TUTOIE ?
HÉ HÉ HÉ...

JE SUIS SORTI !
YOU
HOU
KIM HYEONU EST ENFIN DE RETOUR !
OUI, OUI...
VOYONS VOIR, KIM HYEONU, KIM HYEONU... KIM HYEONU...
DATE
14.07.2018 PARK SOLHI
14.07.2018 YI JAEWON
14.07.2018 NAH JINSEOK
14.07.2018 GWON YONGJIN
14.07.2018 CHOE JINU
BIZARRE... IL N'EST PAS DANS LA LISTE DE LA 18E SESSION...
IL NE PEUT PAS SORTIR DE NULLE PART !
FLAP
HEIN ? COMMENT...
VOUS ÊTES RÉELLEMENT...
TUTORIEL - 1RE SESSION
DATE
NOM
MONSIEUR KIM HYEONU ?
DATE NOM
21.02.2006 KIM HYEONU
21.02.2006 SEO-YEON LEE
PUISQUE JE VOUS LE DIS !

IMPOSSIBLE...
LE VÉTÉRAN DE LA TOUR !
KIM HYEONU, RÉQUISITIONNÉ PAR LA TOUR TUTORIEL LORS DE LA PREMIÈRE SESSION...
OFFICIELLEMENT SORTI AU BOUT DE DOUZE ANS.

UNE SEMAINE PLUS TARD...
BROUHAHA
BROUHAHA
BONJOUR, CHERS TÉLÉSPECTATEURS D'"À LA DÉCOUVERTE DES CHASSEURS".
OUAIIS
COURAGE !
OUAIIS
KYA
KYA
NOUS SOMMES ACTUELLEMENT DEVANT LE CENTRE TUTORIEL DE CORÉE...
POUR LA PREMIÈRE ÉVALUATION DES CHASSEURS DE LA 18E SESSION.
C'EST UN CRU EXCEPTIONNEL !
LE MONDE ENTIER A LES YEUX RIVÉS SUR LES NOUVEAUX SORTANTS...
QUI ONT BATTU LE RECORD MONDIAL DE DEUX SEMAINES.
EN EFFET, LE FAMEUX VÉTÉRAN ET EXPERT DE LA TOUR EST, LUI AUSSI, PRÉSENT AUJOURD'HUI !
MAIS CE N'EST PAS TOUT !
TAC
NOUS VOUS TRANSMETTRONS PLUS DE DÉTAILS À MESURE QU'ILS NOUS PARVIENDRONT.

SALLE D'ATTENTE VIP DU CENTRE TUTORIEL
JE NE SUIS PAS EN RETARD ? RASSUREZ-MOI.
BIEN SÛR QUE SI.
TAC
TAC
COMME TOUJOURS.
ALORS, IL PARAÎT QU'IL EST LÀ ? C'EST VRAI ?
SUR LE PAPIER, OUAIS.
IL N'Y A QU'UN SEUL KIM HYEONU, ENTRÉ DANS LA TOUR EN 2006.
ÇA RISQUE DE FAIRE BIZARRE UNE FOIS RÉUNIS... LUI SEUL SERA RESTÉ LE MÊME.
DANS LA TOUR, FAIM ET LE SOMMEIL DISPARAISSENT, DE MÊME QUE CROISSANCE ET VIEILLISSEMENT S'ARRÊTENT.
DOUZE ANS, HEIN...
JE SUIS IMPATIENT DE VOIR LE GENRE DE MONSTRE QU'IL EST DEVENU...

À TOUS LES NOUVEAUX CHASSEURS.
ÉVALUATION DANS 5 MINUTES.
SALLE D'ATTENTE POUR L'ÉVALUATION DES RANGS
VEUILLEZ VOUS MUNIR DES ÉQUIPEMENTS QUI VOUS ONT ÉTÉ ALLOUÉS…
ET VOUS PRÉPARER DANS LE CALME.
CRONCH
CRONCH
quoi, sérieux ?
FRSH
FRSH
J'AI DÉJÀ TOUT FINI ?
BUUURP !

ouf-!
JE REVIS !
DITES, C'EST QUOI CES TRUCS QUE VOUS PORTEZ ?
ILS ONT DISTRIBUÉ DES ÉQUIPEMENTS CE MATIN. VOUS N'AVEZ RIEN EU ?
VOUS RISQUEZ D'EN BAVER SI VOUS RATEZ CET EXAMEN...
GRAT
GRAT
J'AURAIS LOUPÉ LA DISTRIBUTION QUAND J'ÉTAIS ENDORMI ?
CECI EST UNE ANNONCE DU CENTRE TUTORIEL.
LES CANDIDATS SONT PRIÉS DE SORTIR DE LA SALLE D'ATTENTE...
ET DE SE DIRIGER VERS LE LIEU DE DÉPART DU TEST.
C'EST QUOI ENCORE CE TRUC ?

LABYRINTHE DE L'ÉVALUATION DES RANGS DU CENTRE TUTORIEL DE SÉOUL
WOOOOH
BIENVENUE, CHERS NOVICES.
BLA
BLA
BLA
BLA
JE SUIS DAVID, CHASSEUR DE RANG A. C'EST MOI QUI SUIS CHARGÉ DE SUPERVISER CET EXAMEN.

ET IL COMMENCE MAINTENANT.
VOUS LE SAVEZ PROBABLEMENT DÉJÀ...
MAIS LE MONDE ENTIER A LES YEUX RIVÉS SUR VOUS.
...
GLOUP
HÉ HÉ
TOUTEFOIS, NE SOYEZ PAS TROP NERVEUX.
CE TEST N'EST QU'UNE PROMENADE DE SANTÉ, EN COMPARAISON DE CE QUE VOUS AVEZ TRAVERSÉ DANS LA TOUR.

J'ATTENDS QUE VOUS MONTRIEZ À TOUT LE MONDE DE QUOI VOUS ÊTES CAPABLES...
OUAAH
APRÈS AVOIR RISQUÉ VOTRE VIE DANS CET ÉDIFICE REDOUTABLE.
SLURP
BIEN. LE MOMENT EST VENU POUR MOI DE VOUS PRÉSENTER LA PREMIÈRE ÉPREUVE.
WIP
TAC
START
BRRR
BRRR
BRR
BRR

BRRR
NOMBREUX SONT LES OBSTACLES...
AUXQUELS VOUS DEVREZ FAIRE FACE EN TANT QUE CHASSEUR.
CLONG
CLONG
ET PARMI EUX...
CRIIII
CRIII

DU
DUM
LES LABYRINTHES.

CES RÉSEAUX DE CHEMINS ENTRELACÉS SONT TRUFFÉS DE PIÈGES DIVERS ET VARIÉS.
ET, BIEN QUE CET EXAMEN NE SOIT QU'UNE FORMALITÉ, JE VOUS CONSEILLE DE MOBILISER L'ENTIÈRETÉ DE VOS APTITUDES ET DE VOS FORCES.
IL N'Y A QUE COMME ÇA QUE VOUS PARVIENDREZ À EN SORTIR !
29:52:00
DING
L'EXAMEN COMMENCERA DANS 30 SECONDES !
25 SECONDES !
20 SECONDES !
15 SECONDES !
10 SECONDES !
5 SECONDES !
4 SECONDES !
3 SECONDES !
GRIP
2 SECONDES !

DÉBUT DE L'EXAMEN !
BRRRRRRR
CES JEUNES SOLDATS ONT BEAUCOUP DE CRAN. ÇA FAIT PLAISIR.
J'AI HÂTE DE VOIR QUELLE TOURNURE PRENDRA CETTE ÉVALUATION.
TAP
TAP
TAP
HUMPF
ÇA ME RAPPELLE MON PREMIER EXAMEN DE RANG...
IL N'Y A PAS À DIRE, CONSERVER L'ENTHOUSIASME DES DÉBUTS EST PRIMORDIAL POUR UN CHASSEUR.
FFT
EXCUSEZ-MOI.
ZIEUTE
QUOI ?

EUH
JE ME DEMANDAIS...
IL FAUT JUSTE ATTEINDRE LA SORTIE, C'EST ÇA ?
FFT
C'EST QUI, CET ÉNERGUMÈNE ?
UN DES NOUVEAUX ?
S'EN FOUT GRAVE
ET QUE SIGNIFIE SON ACCOUTREMENT ? OÙ EST SON ÉQUIPEMENT ?
OUAAAH
PREND-IL CETTE ÉPREUVE À LA LÉGÈRE ?
EST-CE LÀ L'ATTITUDE D'UNE NOUVELLE RECRUE ?

TOUT À FAIT, COMME JE L'AI EXPLIQUÉ.
MAIS, DIS-MOI, GAMIN...
SOUS-ESTIMERAIS-TU L'EXAMEN DES CHASSEURS ?
ZIEUTE
ah...
GARDE TON BARATIN POUR LES FONCEURS PARTIS DEVANT...
LE VIOC.

*NDT : environ 680 €.

*NDT : environ 6 800 €.

CRIII
CRIII
CRAT
FWIT
QU'EST-CE QU'IL FABRIQUE ?
BLA
BLA
BLA
BLA
IL FAIT QUOI SUR CE MUR ?
JE NE SAIS PAS...
HUM

VOUUUM
WOUUSH
BRWOOOOO

BRWOOO

BOUM
BRAOUM
SHHHH
TAP
VOILÀ, JE SUIS ARRIVÉ DE L'AUTRE CÔTÉ !
BON, J'AVOUE AVOIR UN TANTINET FORCÉ LE PASSAGE...

INCROYABLE ! IL A FAIT UN TROU DANS LE LABYRINTHE ?
BLA
BLA
BLA
BLA
JE LE CROIS PAS ! C'EST DINGUE !
ET SON RANG, ALORS ? LA JAUGE A PU L'ESTIMER ?
EH BEN...
IL ÉTAIT DÉJÀ AUSSI BOURRIN, À L'ÉPOQUE ?
HA HA...
la-la-la-♪
À MOI LES 10 MILLIONS !
C'EST CE QU'ON APPELLE SE FAIRE DE L'ARGENT FACILE !
la-la-la♪
...
MINCE !
ESPÉRONS QU'ILS NE ME DEMANDENT PAS DE LES DÉDOMMAGER...

24 HEURES AVANT L'EXAMEN D'ÉVALUATION DES RANGS
LIVE HUNTER MAGAZINE
JUNSEONG, VOUS AVEZ VÉRIFIÉ LA LISTE DES CANDIDATS À L'EXAMEN ?
LIVE Hunter
LIVE HUNTER MAGAZINE
OUI, LA VOICI.
VOUS N'AVEZ PAS HÂTE DE CONNAÎTRE LES RÉSULTATS DES VENTES DE CE MOIS-CI ?
À CAUSE DU FAMEUX EXPERT, VOUS VOULEZ DIRE ?
Y A-T-IL D'AUTRES CANDIDATS QUI VALENT LE COUP D'ŒIL, À PART LUI ?
OUI. MALHEUREUSEMENT, TROUVER DES INFOS SUR LUI N'EST PAS UNE MINCE AFFAIRE.
SON ENTRÉE REMONTE À PLUS DE DIX ANS... IL N'EST PLUS TOUT JEUNE.
TAC TAC
OUI, CELUI-CI.

LES CHASSEURS FORMÉS AUX ARTS MARTIAUX SONT TOUJOURS TRÈS PROMETTEURS.
mmh...
LE VÉTÉRAN POURRAIT NE PAS VALOIR GRAND-CHOSE.
TAC TAC
YI YEEUN
MIEUX VAUT ASSURER NOS ARRIÈRES.
JE VOULAIS DEVENIR UNE STAR.
YI GANGHYEON

CLING
J'AVAIS SUFFISAMMENT DE TALENT, DE FORCE ET DE CHANCE POUR ÇA.
GROAAA
SCHLING
UN MONSTRE !
WOOOSH
FUYEZ !

S'IL
LE FALLAIT...
KIEEK
J'ÉTAIS PRÊT
À ME BATTRE JUSQU'À
LA MORT.
SCHLAAS
MAÎTRE DE KENDO,
4E DAN...
PLUSIEURS
TITRES DE CHAMPION
INTERNATIONAL À
SON ACTIF...

FUTUR CHASSEUR LE PLUS PUISSANT DE LA SESSION...
SHTAK
YI GANGHYEON !
DEPUIS LE DÉBUT, TOUS LES REGARDS ÉTAIENT BRAQUÉS SUR MOI.
J'AVANÇAIS SUR LE CHEMIN DE LA GLOIRE !
HÉ HÉ
ENFIN, C'EST QUE CE QUE JE CROYAIS...

BAM
TCHAC
BANG
BA
BANG
JE RENTRE CHEZ MOIII !!
BARREZ-VOUS DE MON CHEMIN !

BOSS DE LA TOUR TUTORIEL : BARLOG
GRRR
GRRRRRR
MÊME PARMI LES CANDIDATS AGUERRIS PAR LEUR ASCENSION, LES PERTES ÉTAIENT CONSÉQUENTES FACE À L'ULTIME ÉPREUVES DES TOURS...
SUR 95 COMBATTANTS, 70 PERDAIENT LA VIE FACE À CETTE ENTITÉ TERRIFIANTE....
...!

BAM
MALGRÉ L'INGÉNIOSITÉ DES STRATÉGIES DÉPLOYÉES ET LE PARTAGE D'INFORMATIONS...
BAM
BAM
BAM
DO
SEUL UN PETIT NOMBRE DE RÉQUISITIONNÉS PARVENAIENT À VENIR À BOUT DES TOURS TUTORIELS.
DOM

CES INFORMATIONS ÉTAIENT ENSUITE DIVULGUÉES DANS LE MONDE ENTIER.
[SYNTHÈSE] TOUR TUTORIEL EST D'AMÉRIQUE DU NORD: UN NOUVEAU RECORD MONDIAL
"UNE NOUVELLE LIGUE PAVE LE CHEMIN VERS UNE STRATÉGIE PLUS RAPIDE."
CHASSEUR "KIM D" SES DÉBUTS OFFICIELS COMME ACTEUR
NOMBREUX FURENT LES PAYS QUI COMMUNIQUAIENT CES TACTIQUES À LEURS CITOYENS, AFIN D'AUGMENTER LE TAUX DE SURVIE...
ET S'EFFORÇAIENT DE RECRUTER LES MEILLEURS CHASSEURS.
TOUTEFOIS...
BOUM
BANG
BANG
BOUM

AU COURS DES DOUZE DERNIÈRES ANNÉES, LA VITESSE À LAQUELLE LES CHASSEURS RÉUSSISSAIENT À TERMINER LA TOUR TUTORIEL RACCOURCIT PROGRESSIVEMENT.

LES TOURS TUTORIELS DU MONDE ENTIER ÉTAIENT STRUCTURÉES À L'IDENTIQUE...

SANS QU'AUCUN CHANGEMENT NE SOIT SIGNALÉ.

DE CE FAIT, CHAQUE NOUVEAU GROUPE DE CHASSEURS QUI EN SORTAIT TRIOMPHANT PARTAGEAIT SA STRATÉGIE.

DING
EXTERMINATION DE BARLOG TERMINÉE
00:00:03
COUP FINAL :
<CLAQUETTES>
<PIÉTINEMENT>
...
FSSSH
FIOU...
FAUT QUE JE TROUVE UN NOUVEAU CONCEPT POUR LA PROCHAINE...

C'EST QUI LE BONHOMME, ICI ?
MWAHAHA
C'EST MOI, LE PUTAIN DE BONHOMME !
HAHAHA
J'ASSURE GRAVE !
J'DIRAIS MÊME QUE J'ASSURE PUTAIN DE GRAVE !
JE MÉRITE UN 12 SUR 10 ! MOI, LES BARÈMES, JE LES ÉCLATE !
DING
EXTERMINATION DE BARLOG
00:00:0
DING
SLASH

HOP-LÀ !
CRAK
PAF
BRR
BRR
BRR
BRR
GRRR...
SHTAK

FSSST
AU 72E ÉTAGE, IL A SURGI DE NULLE PART ET A ATOMISÉ 3 LOUPS-GAROUS À LUI SEUL.
TAC TAC
TAC TAC
JE L'AI VU, MOI AUSSI. IL N'EST CLAIREMENT PAS HUMAIN.
FWOUSH
JE SUIS SORTI DU DONJON IL Y A UN AN.
C'EST L'INCARNATION MÊME DU MOT EXPERT.
UN SEUL COUP DE PIED DE SA PART EN BAS DE LA TOUR TRANSPERCE LE DONJON JUSQU'AU 10E ÉTAGE.
N'IMPORTE QUOI. FAUT ARRÊTER DE MYTHONNER…

S'IL RÉUSSIT À SORTIR DE LA TOUR...
GRRR
HÉ HÉ
IL SERAIT PROBABLEMENT CLASSÉ DIRECTEMENT ENTRE UN RANG A ET UN RANG S.
C'EST QUOI CET EXPERT OU JE NE SAIS QUOI DONT ILS ONT PARLÉ DANS "À LA DÉCOUVERTE DES CHASSEURS" CETTE SEMAINE ?
YI SEOYEON, NOTRE CHEF DE GUILDE, EST MINIMUM UN RANG A-S. COMMENT CE SERAIT POSSIBLE, À PEINE SORTI DE LA TOUR ?
UN RANG S A LE POUVOIR DE DÉTRUIRE UNE MONTAGNE.
TAC TAC
TAC TAC
PERSO, JE SUIS RANG B. ET, Y A DEUX ANS, J'AI CROISÉ CET EXPERT ET L'AI VU COMPLÉTER UN DONJON.
TAC TAC
TAC TAC
CE MEC EST UN PUTAIN DE GÉNIE.

100E ÉTAGE
DE LA TOUR
TUTORIEL

BOSS FINAL :
BOOUM
BARLOG

BOOUM
SHH
SHH
SHH
SHH
ZIEUTE
GRRRRR

IL A PROBABLEMENT DÉPASSÉ DEPUIS LONGTEMPS LE NIVEAU D'UN CHASSEUR LAMBDA.
À L'EXCEPTION DE LA MAGIE...
AU SECOURS !
TAP
TAP
TAP
TAP
TAP
IMAGINEZ UN PEU.
SI, EFFECTIVEMENT, IL RECOMMENCE SANS CESSE DEPUIS LE TOUT DÉBUT...
COMMENT ON EST CENSÉS AFFRONTER UN TRUC PAREIL ?!
J'AI JAMAIS DEMANDÉ À VENIR ICI, MOI !
PITIÉ, SORTEZ-NOUS DE LÀ !
TAP
TAP
TAP
TAP
TU PARLES D'UN TUTO !
ON VEUT JUSTE NOUS ENVOYER SIX PIEDS SOUS TERRE !
FWOOUSH
AARGH !
AAH !

D'APRÈS CE QU'ON SAIT...
LES CHASSEURS DÉVELOPPENT LEURS COMPÉTENCES DE BASE, MAGIE EXCLUE...
EN S'ENTRAÎNANT DANS LA TOUR.
TAP
TAP
TAP
TAP
STOP
S'IL RECOMMENCE CONTINUELLEMENT TOUS LES NIVEAUX DEPUIS DOUZE ANS...
IL DOIT ÊTRE DEVENU EXTRÊMEMENT PUISSANT, NON ?
eh bien...
L'UN DE NOS MEMBRES, QUI VIENT DE SORTIR DE LA TOUR...
DIT L'AVOIR VU COMPLÉTER LES 100 ÉTAGES...
AAAAAH !
100F
EN UNE JOURNÉE.
VOUS POUVEZ RÉPÉTER ?!

ENCORE LUI ?
VISIBLEMENT, IL EST TOUJOURS EN VIE.
HA HA HA
JE CROIS QUE PERSONNE ICI N'IGNORE QUI IL EST.
AH ? DOIT-ON COMPRENDRE QUE VOUS SAVEZ QUELQUE CHOSE ?
IL A ÉTÉ HAPPÉ PAR LA TOUR TUTORIEL EN MÊME TEMPS QUE NOUS.
LORS DE LA PREMIÈRE RÉQUISITION.
Comment ?!
IL SERAIT DONC DANS LA TOUR DEPUIS DOUZE ANS ?!
NOUS... ON PENSE QU'IL A ÉTÉ TOUCHÉ PAR UNE SORTE DE MALÉDICTION.
QUI L'EMPÊCHERAIT D'EN SORTIR, COMME LES AUTRES CHASSEURS...
ET LE RENVERRAIT AU PREMIER ÉTAGE, UNE FOIS LE DERNIER NIVEAU TERMINÉ.
EN RÉSUMÉ...
CET INDIVIDU SERAIT POUR VOUS UN CHASSEUR DE LA PREMIÈRE RÉQUISITION...
BLOQUÉ DANS CETTE TOUR DEPUIS PAS MOINS DE DOUZE ANS ?
C'EST BIEN ÇA ?
OUI.
TOUT À FAIT.
CHASSEURS

bien !
IL NOUS RESTE JUSTE ASSEZ DE TEMPS POUR UNE ULTIME QUESTION.
À LA DÉCOUVERTE DES CHASSEURS
Le monstre de la semaine
CELLE-CI...
A DÉCROCHÉ LA PREMIÈRE PLACE DANS LE TOP 10 DES QUESTIONS LES PLUS POSTÉES EN LIGNE !
IL SE DIT QU'UN "EXPERT" SE TROUVE DANS LA TOUR TUTORIEL DE CORÉE.
LA QUESTION EST...
QUI EST-IL ?
TILT
BRR
BRR
J'EN AI, MOI AUSSI, ENTENDU DES ÉCHOS SUR LE NET.
??
SAVEZ-VOUS QUELQUE CHOSE À PROPOS DE CET "EXPERT" ?

HAN SEOGWON, CHEF DE LA GUILDE GOGURYEO !
BONJOUR !
GRÂCE À LEUR POPULARITÉ ET À L'ENGOUEMENT DU PUBLIC...
YI SEOYEON, CHEFFE DE LA GUILDE ARANG !
L'ÉMISSION A ENREGISTRÉ UN TAUX D'AUDIENCE DE 35.7% LA SEMAINE DERNIÈRE...
RAVIE D'ÊTRE ICI AVEC VOUS.
ET KIM SIHYEON, CHEF DE LA GUILDE SÉOUL !
ENCHANTÉ.
S'ÉTABLISSANT AINSI COMME UN PROGRAMME PHARE.
LES RANGS S AU
ONT ÉTÉ NOVICE
Nos chasseurs à leurs dé
1
2
3

MTC
THREE !
TWO !
ZIIING
HOP
ONE !
ACTION !
BONJOUR, CHERS TÉLÉSPECTATEURS ! ICI YI HAEYEONG, EN DIRECT DE L'ÉMISSION "À LA DÉCOUVERTE DES CHASSEURS".
À LA DÉCOUVERTE DES CHASSEURS
ENCHANTÉE !
CETTE SEMAINE ENCORE, NOUS PROMETTONS DE SATISFAIRE VOTRE CURIOSITÉ...
EN VOUS DÉVOILANT LES SECRETS DE VOS CHASSEURS FAVORIS !
À LA DÉCOUVERTE DES CHASSEURS
ET, COMME D'HABITUDE, NOUS SOMMES EN COMPAGNIE DE CHEFS DES MEILLEURES GUILDES DE CORÉE DU SUD.

JOUISSANT D'UNE RENOMMÉE ET DE RICHESSES SEMBLABLES À CELLES DES PLUS GRANDES STARS.

LEUR PUISSANCE N'EN ÉTAIT PAS POUR AUTANT NÉGLIGÉE PAR L'ÉTAT...

ET LEUR NOMBRE AU SEIN D'UNE NATION DEVINT BIENTÔT UNE PREUVE DE SA PUISSANCE...

LES AMENANT À FORMER DES ASSOCIATIONS ET DES GUILDES.

UN CHASSEUR !
LES CHASSEURS ÉTAIENT DEVENUS AUSSI POPULAIRES QUE DES IDOLS...
UN CHASSEUR, ENFIN !
SWIP
WIP
REGARDEZ PAR ICI, S'IL VOUS PLAÎT !

KIEEK!
DOUZE ANS APRÈS LEUR PREMIÈRE VICTOIRE CONTRE LES TOURS...
SLOOT
SHAAK!
SCRITCH
EEK!
SLAAASH

ILS DEVINRENT
DES CHASSEURS AUX
CAPACITÉS EXTRAORDINAIRES,
ESPOIR DE L'HUMANITÉ.

CETTE IMPITOYABLE RÉQUISITION FAISAIT
FI DE L'ÂGE ET DES CONDITIONS PHYSIQUES
DE SES OTAGES, QUI DEVAIENT TRAVERSER UNE
SUITE D'ÉPREUVES PLUS CRUELLES LES UNES
QUE LES AUTRES.
SEULS 20% RÉUSSISSAIENT À SURVIVRE.

DES INDIVIDUS
DU MONDE ENTIER.
VOUUUUM

ZIOUP
CES STRUCTURES ÉNIGMATIQUES CAPTURAIENT À INTERVALLES RÉGULIERS...

L'HUMANITÉ DÉCOUVRAIT
POUR LA PREMIÈRE FOIS
LES TOURS TUTORIELS.
WOOOSH

CES IMAGES VOUS SONT RETRANSMISES DEPUIS LE QUARTIER CHEONHO, QUE NOUS SURVOLONS ACTUELLEMENT !
VA-T-ON APERCEVOIR UNE MYSTÉRIEUSE CRÉATURE ?
BRRR
BRR
L'ÉDIFICE NE MONTRE ENCORE AUCUN SIGNE D'ACTIVITÉ.
FLAP
FLAP
BRR
BRRR
NÉANMOINS, LE GOUVERNEMENT ET LES AUTORITÉS MILITAIRES RESTENT EN ALERTE.
FLAP
FLAP
IL POURRAIT S'AGIR D'UN NOUVEAU TYPE DE MONSTRE…
HAUTEMENT DANGEREUX !
FLAP
FLAP
FLAP
MTC
FLAP
FLAP
LA POPULATION EST TERRIFIÉE DEVANT LA MULTIPLICATION DE CES PHÉNOMÈNES SURNATURELS…
ET L'ON IGNORE POUR L'INSTANT QUEL SERA LE DESTIN DE L'HUMANITÉ.
C'ÉTAIT GU WONU, VOTRE CORRESPONDANT CHEZ MTC !

GROOOW
CES CRÉATURES N'ÉTAIENT PAS LA SEULE CHOSE AUQUEL LES HUMAINS DURENT FAIRE FACE...
GROAAAAH !
UN MONSTRE !
TAP
TAP
TAP
TAP
HIII !

...!
UN BEAU JOUR...
BAM
BOUM
BOUM
AAAH !
À L'AIDE !
DES MONSTRES FIRENT LEUR APPARITION AUX QUATRE COINS DU GLOBE.
BOUM
KYAAAH !
AU SECOURS !
BAM

The ADVANCED PLAYER of the TUTORIAL TOWER

L'Expert de la Tour du Tutoriel

1

Œuvre originale INDOOR KIM
Dessin BLUEPIC INC

KBOOKS

The ADVANCED PLAYER of the TUTORIAL TOWER

L'Expert de la Tour du Tutoriel

Œuvre originale INDOOR KIM
Dessin BLUEPIC INC
The ADVANCED PLAYER of the TUTORIAL TOWER
L'Expert de la Tour Tutoriel
1
KBOOKS

ET DONC, T'ES VENU DIRECT APRÈS LES AVOIR PASSÉS À TABAC ?
C'EST EUX QUI ONT COMMENCÉ !
T'ES PAS POSSIBLE.
LES MEMBRES DE LA GUILDE ARES SONT REDOUTABLES.
TAP
TAP
QU'EST-CE QU'ILS ONT DE SI TERRIBLE ?
Miam ! Cette fraise est délicieuse !
MIEUX VAUT ÉVITER DE SE LES METTRE À DOS. TOUT LE MONDE FAIT ATTENTION À ÇA.
NIOM
SINON QUOI ?

ILS PEUVENT FAIRE PRESSION POUR EMPÊCHER UNE ADHÉSION AU SEIN D'UNE AUTRE GUILDE.
OU SE DÉBARRASSER NI VU NI CONNU D'UN FAUTEUR DE TROUBLE.
S'EN DÉBARRASSER ?
LE TUER.
IL N'Y A PAS DE TÉMOINS DANS UN LABYRINTHE.
BAH, DIS DONC ! QUELLE CRUAUTÉ !!
HOP
C'EST L'HÔPITAL QUI SE FOUT DE LA CHARITÉ...
POURQUOI TU N'EN PROFITERAIS PAS POUR REJOINDRE MA GUILDE ?
NIOM NIOM

JE TE L'AI DÉJÀ DIT, JE NE VEUX PAS REJOINDRE DE GUILDE.
JE CROYAIS QUE TU VOULAIS TE LA COULER DOUCE ?
ah-!
IL VA ME FALLOIR REMETTRE ÇA À PLUS TARD.
QUELS PROBLÈMES VAS-TU ENCORE CAUSER ?
J'AI UN TRUC À FAIRE.

TU CONNAIS LE LABORATOIRE D'ADORON ?
SEXE : HOMME
ÉTAT : EXCELLENT
STATISTIQUES
FORCE : A++
AGILITÉ : A+
RÉSISTANCE : S+
ENDURANCE : A+
MAGIE : -
CHANCE : B
SKILL : -
[DONJONS À CONQUÉRIR]
- LABORATOIRE D'ADORON
- LE HAMEAU DE LA FORÊT
- LE MARAIS APPARENT
BIENVENUE DANS LA TOUR TUTORIEL.
PENDANT CES DOUZE DERNIÈRES ANNÉES, J'AI RESSASSÉ LES MÊMES QUESTIONS...
AUXQUELLES SE SONT JOINTES COLÈRE ET RANCŒUR.

POURQUOI ÉTAIS-JE LE SEUL À NE PAS POUVOIR SORTIR ?
QUI ÉTAIT LE CRÉATEUR DE CETTE MAUDITE TOUR ?
POUR QUELLE RAISON M'AVAIT-IL GARDÉ EMPRISONNÉ DOUZE ANS ?
SI JE DÉCOUVRE LE SECRET DE LA TOUR...
ET QUE JE TROUVE LES RESPONSABLES...

POURQUOI CETTE QUESTION, TOUT À COUP ?
TU SAIS CE QUE C'EST, OUI OU NON ?
JE LEUR RENDRAI LA MONNAIE DE LEUR PIÈCE.

LE LABORATOIRE D'ADORON.
C'EST UN DONJON DE CLASSE C, OU PLUTÔT C-, NON ?
KIHIHIHI
IL PARAÎT QU'IL EST BIEN POUR PROGRESSER.
AH OUAIS ?

POURQUOI TU VEUX ALLER LÀ-BAS ?
JE DOIS Y FAIRE UN TRUC.
hum...
PAS SÛR QUE TU PUISSES ENTRER.
FFT
ET POURQUOI PAS ?
ON TE L'A DIT...
LA GUILDE ARES A LE MONOPOLE SUR DE NOMBREUX DONJONS...
ET CELUI-CI EN FAIT PARTIE.
MAIS DE QUEL DROIT ?!
ILS FOUTENT QUOI, AU GOUVERNEMENT ?

IL N'Y A PAS DE LOI QUI INTERDIT ÇA ?
ILS SE FICHENT DE CE QUI PEUT ARRIVER AUX CHASSEURS.
ÇA NE LEUR RAPPORTE AUCUN ÉLECTEUR.
RARES SONT LES RÉQUISITIONNÉS QUI DEVIENNENT CHASSEURS UNE FOIS DEHORS.
ET LES MEURTRES DONT TU ME PARLAIS ?
LES DONJONS SONT TROP DANGEREUX POUR QUE LA POLICE AILLE Y ENQUÊTER...
DONC ILS SONT CLASSÉS COMME DES ACCIDENTS.
GRR GRR
QUEL BORDEL !

DE L'EXTÉRIEUR...
ARES
ARES EST UNE JEUNE ENTREPRISE FRUCTUEUSE, QUI PAYE SES IMPÔTS EN TEMPS ET EN HEURE...
IL EST DIFFICILE D'INTERVENIR DANS LES AFFAIRES DES CHASSEURS.
JE N'AURAI QU'À ENTRER EN DOUCE, ÇA DEVRAIT LE FAIRE.
HOP
LES GARS D'ARES MONTENT LA GARDE ET FILTRENT L'ACCÈS.
ET ALORS QUOI ? JE TROUVERAI BIEN UN MOYEN D'ENTRER.
N'Y PENSE MÊME PAS...
OH QUE SI !

QUITTE À FONCER DANS LE TAS.
HÉ HÉ
HUMPF
TU VAS TE LES METTRE À DOS POUR DE BON, TU SAIS ?
MMH...
AU POINT OÙ J'EN SUIS...

ARES
COMME VOUS POUVEZ LE CONSTATER, L'INFLUENCE DE LA GUILDE TYRANNIE EST PLUS SIGNIFICATIVE QUE CE QUE NOUS AVIONS ANTICIPÉ.
EN CONSÉQUENCE, NOTRE EXPANSION EN CHINE NÉCESSITERA PLUS DE TEMPS QUE CE QUE NOUS AVIONS INITIALEMENT PRÉVU.
COMBIEN ?
AU MOINS CINQ MOIS.
QU'EN EST-IL DE LA RUSSIE ET DU JAPON ?
AU MOINS HUIT MOIS POUR LA RUSSIE.

SEPT MOIS POUR LE JAPON.
BIEN.
CE N'EST PAS SI MAL.
MONSIEUR HEUK DIRECTEUR DE LA BRANCHE CORÉENNE D'ARES, CHASSEUR DE RANG S

ARES
EXPANSION À L'I
PEU IMPORTE LE TEMPS QUE ÇA PRENDRA...
L'IMPORTANT C'EST D'AVOIR TOUJOURS UNE LONGUEUR D'AVANCE.
C'EST COMME LORSQU'ON EST EN DANGER PENDANT LE FARMING.
RIEN NE SERT DE COURIR PLUS VITE QUE LE BOSS DU DONJON.
IL SUFFIT D'ÊTRE PLUS RAPIDE QUE SON VOISIN.
CONTINUE DE GARDER L'ŒIL SUR LA SITUATION.
ARES
EXPANSION À L'INTERNATIONAL
FWIP
FWIP
ENTENDU !

FLASH
AUTRE CHOSE ?
FWIT
VOICI, MONSIEUR LE DIRECTEUR.
L'ANALYSE PRÉVISIONNELLE DE KIM HYEONU, COMME DEMANDÉE.
...
QU'EST-CE QUE C'EST QUE ÇA ?

CETTE ESTIMATION, BASÉE SUR LES VIDÉOS DE LA ZONE TUTORIEL...
ET A ÉTÉ FAITE À L'AIDE D'UN NOUVEL ALGORITHME D'ANALYSE.
FORCE
AGILITÉ
RÉSISTANCE
ENDURANCE
MAGIE
CHANCE

EST-ON SÛRS QU'IL EST EFFICACE ?
HUM
J'AI, MOI AUSSI, EU QUELQUES DOUTES.
CEPENDANT, LA MARGE D'ERREUR NE PEUT ÊTRE QUE D'UN RANG TOUT AU PLUS.
YU BYEONGUK DIRECTEUR DES RESSOURCES HUMAINES DE LA BRANCHE CORÉENNE D'ARES
ALORS CES DONNÉES SONT CORRECTES ?
FLAP
LE RESPONSABLE DES RESSOURCES HUMAINES A BIEN TENTÉ D'ÉTABLIR LE CONTACT
VOUS N'AVEZ PAS RÉUSSI.
VOUS L'AVEZ RECRUTÉ ?
NON...

C'EST MIEUX AINSI. TOUT CHASSEUR PROMETTEUR N'EST PAS BON À RECRUTER.

PARDON ?
NOM : KIM HYE
SEXE : MASC
ÂGE : 24 (3
L'AVOIR DANS L'ÉQUIPE SERAIT UNE BONNE CHOSE.
YU, NE FEINS PAS L'IGNORANCE, JE SAIS QUE TU ES INTELLIGENT.
AVEC SES CAPACITÉS, IL NETTOIERAIT LABYRINTHES ET DONJONS TOUT EN PROGRESSANT DE MANIÈRE FULGURANTE.
Et nombreux seraient les sponsors.

IL NOUS FERAIT FAIRE DE GROS BÉNÉFICES.
TAP TAP
NÉANMOINS...
IL POURRAIT NE PAS S'EN CONTENTER, ET MENACER MA PLACE.
IL EST CE QU'ON APPELLE UNE POMME EMPOISONNÉE.
FFT
DÉSIRABLE, MAIS FATALE.
ABSTENEZ-VOUS DE L'ENGAGER, MAIS LAISSEZ-LUI UN PETIT SOUVENIR...
SI TU VOIS CE QUE JE VEUX DIRE.
TOUT À FAIT.
JE VAIS PRÉVENIR L'ÉQUIPE DE NETTOYAGE. JE COMPTE SUR TOI POUR FAIRE LES CHOSES BIEN.

MON...
MONSIEUR YOO !
CLAC
TAP
TAP
TAP
QUE SE PASSE-T-IL ?
HA... HA...
ON... ON A UN PROBLÈME !
AU LABORATOIRE D'ADORON !
!
MONT CHEONBO, VILLE D'UIJEONGBU
ALLEZ, JUSTE POUR CETTE FOIS.

ENTRÉE DU LABORATOIRE D'ADORON, DONJON DE CLASSE C-
PAS DE BILLET, PAS D'ENTRÉE. J'AI POURTANT ÉTÉ CLAIR.
ACCÈS INTERDIT
S'IL VOUS PLAÎT...
POSTE DE CONTRÔLE DE LA GUILDE ARES
HUM
JE N'AI NULLE PART D'AUTRE OÙ CHASSER !
EUH
TU PEUX TOUJOURS ESSAYER LE LABYRINTHE.
IL Y A DES MONSTRES DE BAS NIVEAU ET SURTOUT, C'EST GRATUIT.
HA HA HA
ARRÊTE ! ELLE VA TE PRENDRE AU SÉRIEUX ET FINIR ZIGOUILLÉE.
TU N'AS NI THUNES NI COMPÉTENCES, ET TU VOUDRAIS QU'ON TE FACILITE LA TÂCHE ? FAUT PAS RÊVER !
FWIT
PITIÉ... JUSTE UNE FOIS...

C'EST QUE JE SUIS UN HOMME DE PRINCIPE, MA JOLIE.
HÉ HÉ
CECI DIT, JE POURRAIS FAIRE UNE EXCEPTION RIEN QUE POUR TOI...
VOUS... VOUS FERIEZ ÇA ?
JE VAIS GERBER !
SEULEMENT SI TU ME FILES TON NUMÉRO.
TAP
EUH...
?
HEIN ?

DU
DUM
GRR
HÉ, TOI ! Y A PAS DE CHIOTTES ICI. SI TU VEUX TE SOULAGER, VA DONC DANS LA FORÊT !
JE NE SUIS PAS LÀ POUR LES TOILETTES. J'AI À FAIRE DANS LE DONJON.
TILT
QUOI...?
ON NE PLAISANTE PAS ICI !
C'EST UN DONJON ! UN DONJON, TU CAPTES ?
AVEC DES MONSTRES ET TOUT LE TINTOUIN !

OUAIS, JE SUIS AU COURANT.
JE VIENS DE TE DIRE QUE J'AVAIS DES TRUCS À Y FAIRE.

T'ES IDIOT OU QUOI ?

RÉPÈTE UN PEU ?!
ACCÈS
T'AS UN PÈTE AU CASQUE OU QUOI ?
TSS
TU ES QUI, AU JUSTE ?
...
BON, ÇA NE VA PAS LE FAIRE.
FFT
ACCÈS INTERDIT
?
TCHAC

FWIP
VOUS N'AVEZ PAS L'AIR DE PIGER QUAND ON VOUS CAUSE GENTIMENT.
?
?
VENEZ UN PEU PAR ICI.
WIP
WIP
GRRR
CE TYPE EST COMPLÈTEMENT CINGLÉ !
TU SAIS QUI ON...

WOOUSH
...?

BOOUM
EUH...
QU'EST-CE QUE...
SHH
SHH

TAP
BRR
BRR

ARGH !
J'AURAIS DÛ CONTRÔLER MA FORCE...

EH, TOI !
FWIP
O... OUI !

FILE-MOI TES POMPES.
...
PARDON ?
TU ES SOURD ?
TU VEUX QUE JE TE DÉBOUCHE LES OREILLES, COMME À TON COPAIN ?
N... NON !

OH, ELLES SONT SYMPAS !
BLING
BLING
ON NE PENSERAIT PAS, VU LA MATIÈRE, MAIS ELLES SONT LÉGÈRES !
FWIP
MES CHAUSSURES...
J'AI DÉPENSÉ 5 MILLIONS DE WONS* POUR LES ALLÉGER AVEC LA MAGIE...
ROH...
*NDT : environ 3 500 €.
JE NE SUIS PAS UN SI MAUVAIS BOUGRE, TU SAIS ?
WIP
WIP
WIP
WIP
PRENDS ÇA.
FWISH

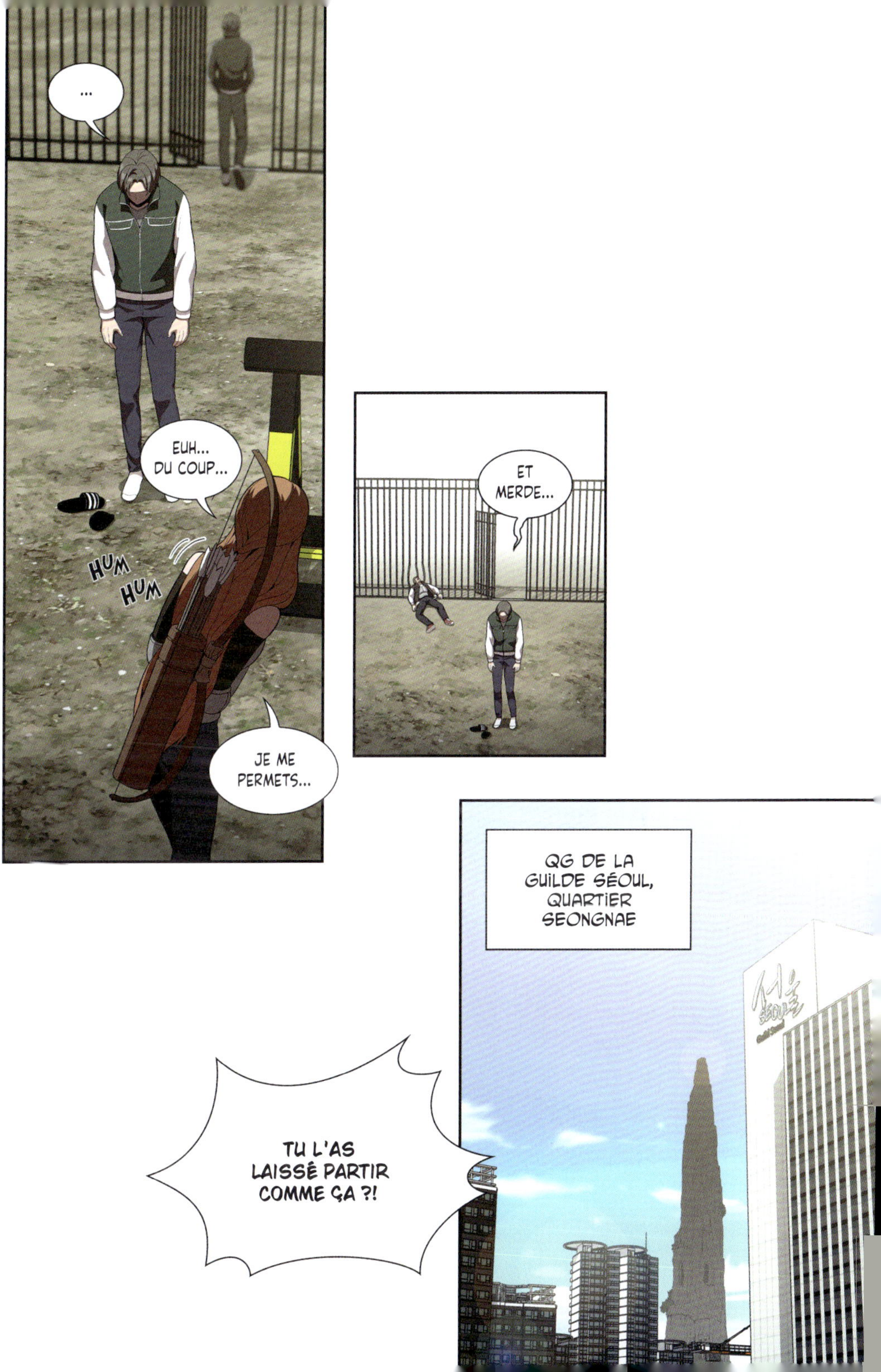
...
EUH... DU COUP...
HUM HUM
JE ME PERMETS...
ET MERDE...
QG DE LA GUILDE SÉOUL, QUARTIER SEONGNAE
TU L'AS LAISSÉ PARTIR COMME ÇA ?!

QU'EST-CE QUE TU VOULAIS QUE JE FASSE ? C'ÉTAIT SA DÉCISION.
TU AURAIS PU ESSAYER DE LE RETENIR !
ARRÊTE DE CRIER, TU VAS M'EXPLOSER LES TYMPANS.
HA...
COMMENT VEUX-TU QUE JE GARDE MON CALME ?
Pourquoi tu te mets en colère ?
TU N'ES PAS CASÉE AVEC LUI, QUE JE SACHE ?
CE N'EST PAS LE PROBLÈME, IDIOT !
TU SAIS COMBIEN LA GUILDE D'ARES EST VIOLENTE !
C'EST BIEN CE QUE JE LUI AI DIT !
MAIS IL M'A RÉPONDU DE NE PAS M'INQUIÉTER ! QUE VOULAIS-TU QUE JE FASSE DE PLUS ?
FWIP

TU PENSES QUE TU AURAIS PU L'ARRÊTER, TOI ?
...
REGARDE, TU N'EN ES MÊME PAS SÛRE !
peu importe-!
HYEONU ET ARES SONT MAINTENANT EN CONFLIT, C'EST ÇA ?
OUI, SI L'ON EN CROIT HYEONU.
JE NE CONNAIS PAS TOUTE L'HISTOIRE.

HYEONU N'EST PAS QUELQU'UN DE MAUVAIS.

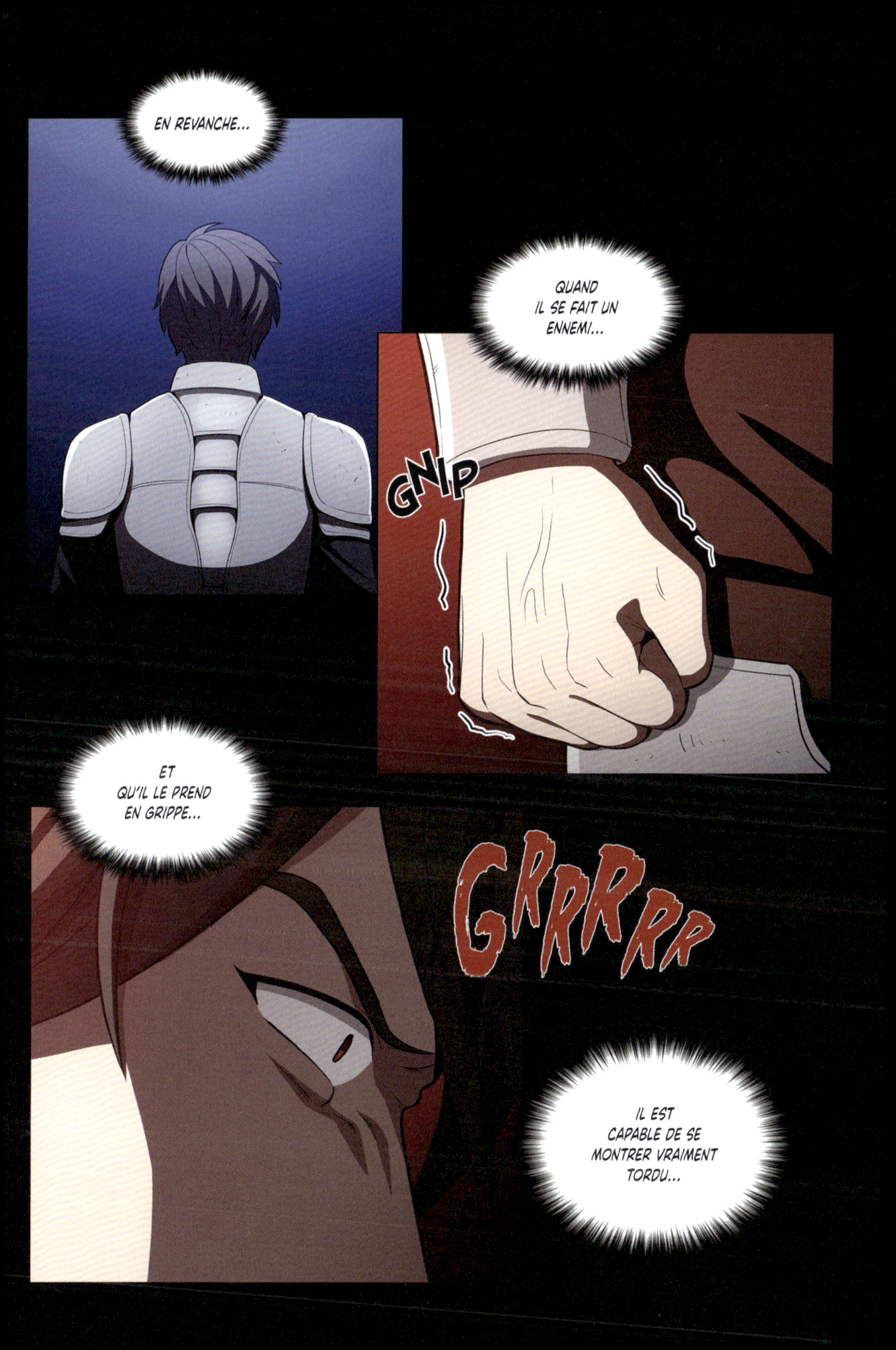
EN REVANCHE...
QUAND IL SE FAIT UN ENNEMI...
GNIP
ET QU'IL LE PREND EN GRIPPE...
GRRRRR
IL EST CAPABLE DE SE MONTRER VRAIMENT TORDU...

ENFIN...
HAA...
JE PEUX COMPRENDRE QU'IL SOIT COMME ÇA.
FRANCHEMENT...
TU N'AS PAS À TE FAIRE DE SOUCI.
TAP
TAP
TAP
C'EST VRAI QUE, DIT COMME ÇA...

FAIS-MOI CONFIANCE.
JE TE DIS QU'IL N'Y A PAS DE QUOI S'INQUIÉTER.
BLING
BLING
SURTOUT S'IL DIT VRAI.
HOP
BLING
HI HI
COMMENT ÇA ?

HIER SOIR, APRÈS AVOIR PARLÉ D'ARES...
ON A DISCUTÉ D'AUTRES SUJETS.
ET NOTAMMENT DE SON NIVEAU DE COMPÉTENCE.
VRAI... VRAIMENT ?

HI HI HI HI...
HI HI HI HI HI...
FLASH
MES COBAYES !
OÙ SONT MES COBAYES ?
JE NE PEUX PAS CONTINUER MES RECHERCHES SANS COBAYES !
J'AI BESOIN D'ÉCHANTILLONS ! DE PLUS DE MATÉRIEL POUR MES RECHERCHES !
ADORON,
BOSS DU LABORATOIRE D'ADORON, DONJON DE CLASSE C

BOM
BOM
HI HI HI...
J'EN ÉTAIS SÛR. LE BOSS S'EST RÉGÉNÉRÉ.
FWIT
ALORS CE N'EST PAS UN MYTHE ?
ARES NE TOUCHE PAS À ADORON PARCE QU'IL NE RAPPORTE PAS UN CLOU ?
ON FAIT QUOI ? ON LUI RÈGLE SON COMPTE ?
C'EST À NOTRE PORTÉE ?
APRÈS TOUT CE QU'ON A PAYÉ POUR ENTRER...
AUTANT ÉLIMINER LE BOSS !
ON A LES CAPACITÉS POUR ?
EN TEMPS NORMAL, IL FAUT UNE GUILDE ENTIÈRE POUR S'ATTAQUER À UN BOSS.

JE ME SUIS RENSEIGNÉ SUR ADORON, AVANT D'ENTRER.
IL A UNE BONNE DÉFENSE...
MAIS UNE FAIBLE CAPACITÉ D'ATTAQUE. DONC, SI ON PREND NOTRE TEMPS, ON PEUT LE VAINCRE.
HUM
POSSIBLE...
TA
OK, ALLONS-Y !
DAH
L'ÉLIMINER NOUS PERMETTRA EN PLUS D'AUGMENTER SIGNIFICATIVEMENT NOS COMPÉTENCES !

MAIS SI ÇA TOURNE AU VINAIGRE, ON DÉCAMPE FISSA...
TAP
TAP
HEIN ?
C'EST QUI, CE MEC ?
IL N'A PAS L'AIR D'UN CHASSEUR...
BOM
OH !
BOM
HI HI HI HI !
TE VOILÀ, MON NOUVEAU COBAYE !

HI HI HI HI !
OÙ VAIS-JE COMMENCER MA DISSECTION ?
LES YEUX ? LE CŒUR ? OU LA COLONNE VERTÉBRALE ?
DIS-MOI CE QUE TU PRÉFÈRES !
JE SERAI D'UNE PRÉCISION CHIRURGICALE !

NOUS AVONS APPRIS, IL Y A DOUZE ANS, CE QUE HYEONU AVAIT VÉCU DURANT SON ENFANCE.
ORPHELINAT BORAM
NE FAIS PAS D'HISTOIRES.
NE LAISSE PAS DEVINER QUE TU N'AS PLUS DE PARENTS, COMPRIS ?
ÉCOUTE BIEN LES ÉDUCATEURS.
ET NE VA PAS RACONTER DES CHOSES INUTILES.
HUM
ALLEZ, BONNE CHANCE !
SON COUSIN L'A ABANDONNÉ DEVANT UN ORPHELINAT...
EN S'ENFUYANT AVEC L'HÉRITAGE QUE SES PARENTS LUI AVAIENT LAISSÉ. LES MALHEUREUX SONT DÉCÉDÉS DANS UN ACCIDENT DE VOITURE.

...
CETTE DÉCEPTION EST-ELLE À L'ORIGINE DE SON MANQUE DE FOI EN L'HUMANITÉ ?
SALON DE COIFFURE
DEADLINE SUPER
VROOO
TOUJOURS EST-IL QUE HYEONU, BIEN QUE NORMAL EN GÉNÉRAL...
DEVIENT COMPLÈTEMENT DIFFÉRENT LORSQU'IL SE SENT MANIPULÉ OU OPPRESSÉ.
LE SIMPLE FAIT D'ENTRER EN CONFLIT AVEC QUELQU'UN...
PEUT LE FAIRE SORTIR DE SES GONDS ET DÉVERSER UNE PROFONDE RANCŒUR.

HI HI HI HI HI !
SCHLING
HI HI HI HI !
PAR OÙ VAIS-JE COMMENCER MA DISSECTION ?

LES YEUX ?
LE CŒUR ? OU LA COLONNE VERTÉBRALE ?
CRIIII
ARRÊTE ÇA.
DIS-MOI CE QUE TU PRÉFÈRES !
JE SERAI D'UNE PRÉCISION CHIRURGICALE !
HI HI HI !
SLURP
QUE J'ARRÊTE...

QUOI ?
BOOUM
PAF
TAP
TAP

SPLASH
DE FAIRE CRISSER TA LAME.
ESPÈCE DE MALADE.
J'LE CROIS PAS !

DING
[LA BOUCLE EST DÉBLOQUÉE !]
FÉLICITATIONS !
VOUS AVEZ RÉUSSI À VOUS
ÉCHAPPER DE LA TOUR !
OUR AVANCER JUSQU'À “L'ÉTAPE
UIVANTE”, VEUILLEZÉLIMINER AU
INIMUM TROIS BOSS DE DONJONS.
LABORATOIRE D'ADO
LE HAMEAU DE LA FO
LE MARAIS APPAR
TAC
ÇA EN FAIT DÉJÀ UN DE TERMINÉ.
LE PROCHAIN EST LE HAMEAU DE LA FORÊT.
HAN ! CE GARS...
FSSSH
C'EST PAS CELUI QUI ÉTAIT PREMIER DES PUBLICATIONS DE HUNTER KILL ?
AH ! L'EXPERT ?

T'AS RAISON ! JE RECONNAIS SON SURVÊT' ET SA COIFFURE !
SI ON M'AVAIT DIT QUE JE LE VERRAIS EN CHAIR ET EN OS ! J'EN AI LA CHAIR DE POULE !
TAP
TAP
TAP
TAP

5e SOUS-SOL DE LA BRANCHE CORÉENNE DE LA GUILDE ARES
ÇA ALORS !
SECTION NETTOYAGE
QUE VIENT FAIRE ICI NOTRE CHER DIRECTEUR DES RESSOURCES HUMAINES ?
WU CHEONMYEONG, DIRECTEUR DE LA SECTION NETTOYAGE DE LA BRANCHE CORÉENNE D'ARES
MONSIEUR HEUK DEVAIT TE TENIR INFORMÉ.
ÇA N'A PAS ÉTÉ FAIT ?
SI, MAIS JE N'AI PAS TOUS LES DÉTAILS.
HO HO... DEUX A ?
FLAP
UN CHASSEUR DÉBUTANT TOUT JUSTE SORTI DE LA TOUR AVEC DE TELLES COMPÉTENCES ?

IL N'Y A PAS D'ERREUR, C'EST SÛR ?
: KIM HYEONU
24
ATISTIQUES
FORCE : B+
AGILITÉ : A-
RÉSISTANCE : A-
ENDURANCE : INCONNU
MAGIE : INCONNU
CHANCE : INCONNU
PAS À 100 %.
CE N'EST QUE L'ANALYSE PROVISOIRE.
OH !
ÇA RESTE IMPRESIONNANT.
JE DIRAIS MÊME PLUS, C'EST MONSTRUEUX !
ET DONC ? ON DOIT S'EN DÉBARRASSER ?
FWIP
MONSIEUR HEUK A SIMPLEMENT PARLÉ DE L'AMOCHER.
MAIS FAIS COMME TU VEUX, ÇA NE DEVRAIT PAS POSER DE PROBLÈME.

PFF
CE N'EST PAS PLUTÔT COMME TU VEUX TOI ?
D'APRÈS CE QUE J'AI ENTENDU...
CE SALAUD EST ALLÉ FOUINER DANS L'UN DE NOS DONJONS ?
JUSTE AU MOMENT OÙ LES CHASSEURS QUI LE GARDAIENT ÉTAIENT...
TU ES BIEN INFORMÉ.
TA RÉPUTATION A DÛ EN PRENDRE UN SACRÉ COUP.
OUI, À CAUSE DE CET INDÉSIRABLE.

NE T'EN FAIS PAS.
AVEC SES COMPÉTENCES...
HÉ HÉ HÉ
IL NOUS SERA DIFFICILE DE NE LUI CAUSER QUE DE SIMPLES BLESSURES.
MIEUX VAUT JOUER LA DISCRÉTION, POUR NE PAS DÉRANGER LE DIRECTEUR HEUK.
POUF
IL A DÉJÀ ASSEZ À FAIRE AVEC NOTRE EXPANSION EN CHINE.
LE SECTION NETTOYAGE VA AUSSI Y ENVOYER DES HOMMES ?
OUI, LA FAUTE À CETTE MAUDITE GUILDE TYRANNIE.

LA GUILDE TYRANNIE.
UNE NOUVELLE GUILDE CHINOISE.
Tyrannie
DEPUIS SA FORMATION, IL Y A DEUX ANS...
ELLE S'EST APPROPRIÉ 52% DE TOUS LES DONJONS DE CHINE.
APRÈS SA SORTIE DE LA TOUR, AU BOUT DE QUATRE ANS SEULEMENT, LEUR LEADER A REUSSI À ELEVER SA GUILDE AU SOMMET.
LES CADRES SONT DES TALENTS HORS PAIR, JOUISSANTS D'UNE GRANDE NOTORIÉTÉ.
MAIS, PLUS ÉTONNANT ENCORE...
L'IDENTITÉ DE DU LEADER, POURTANT CLASSÉ CINQUIÈME DANS LE CLASSEMENT OFFICIEL MONDIAL DES CHASSEURS DE RANG S...

RESTE ENCORE AUJOURD'HUI INCONNUE DU PUBLIC.

BREF... NE T'EN FAIS PAS POUR CE KIM HYEONU.
NOUS SOMMES TROP OCCUPÉS AVEC LA GUILDE TYRANNIE...
POUR GASPILLER NOS RESSOURCES POUR CE BLANC-BEC.
NOUS LUI ENVERRONS NOTRE PROPRE EXPERT.
IL FERA LES CHOSES PROPREMENT.

ON N'ARRÊTE PAS LE PROGRÈS !
HOP
ÇA T'IMPRESSIONNE TANT QUE ÇA ?
CLIC
CLIC
souris !
POURQUOI TU ME PRENDS EN PHOTO ?
WOUAH...
REGARDE-MOI CETTE QUALITÉ D'IMAGE !
JE L'AI ACHETÉ POUR QU'IL PUISSE RESTER JOIGNABLE MAIS...
wouah-!
ÇA, C'EST UN JEU MOBILE ?
GRAT
GRAT
ÇA FAIT TROIS HEURES QU'IL EST SCOTCHÉ AU TÉLÉPHONE.

au-fait...
À PROPOS DU HAMEAU DE LA FORÊT...
IL EST PLUS OU MOINS GÉRÉ PAR MA GUILDE.
OUAIS...
MAIS IL N'Y AURA PROBABLEMENT PAS DE BOSS LÀ-BAS.
PIOU
PIOU
PIOU
PIOU
ZUT ! JE SUIS MORT...
...
FFT
PFIOU
COMMENT ÇA "PAS DE BOSS" ?
IL A ÉTÉ VAINCU IL Y A QUELQUES SEMAINES.
QUEL RAPPORT ?

KIEEK
DISONS QUE... C'EST DIFFÉRENT DE LA TOUR TUTORIEL.
LÀ-BAS, LES MONSTRES SE RÉGÉNÈRENT EN À PEU PRÈS UN JOUR.
GROOO
OOAR
C'EST LE CAS POUR TOUS LES BOSS...
WOOOSH
PAS VRAI ?
SLASH
SLASH
HUNTER
MAIS LES DONJONS SONT DIFFÉRENTS.
LES MONSTRES ORDINAIRES CONTINUENT D'AFFLUER, MÊME QUAND LE GRAND MÉNAGE A ÉTÉ FAIT.
EN REVANCHE, LES BOSS METTENT DU TEMPS POUR SE RÉGÉNÉRER.
TU NE TRAVAILLES PAS ?
CHASSEUR
JE SUIS EN CONGÉ !
HUMPF
COMBIEN DE TEMPS...?

ÇA VARIE D'UN DONJON À L'AUTRE. POUR LE HAMEAU DE LA FORÊT, JE DIRAIS ENVIRON UN MOIS ?
KYAA
UN MOIS ! JE VAIS DEVOIR ATTENDRE AUSSI LONGTEMPS ?!
RASSURE-TOI, LE BOSS A ÉTÉ SUPPRIMÉ IL Y A À PEU PRÈS QUATRE SEMAINES.
IL DEVRAIT ÊTRE DE RETOUR D'ICI DEUX À TROIS JOURS.
QU'EN EST-IL DU MARAIS APPARENT ?
HA...
IL EST GÉRÉ PAR LA GUILDE ARES, DONC JE NE SAIS PAS.
MAIS, EN CHERCHANT BIEN...
ON DEVRAIT POUVOIR TROUVER DES INFOS.
GRR
GRR
DEPUIS QUAND CHASSER UN MONSTRE DEMANDE AUTANT DE TRAVAIL ?

QUAND COMPTES-TU T'INSCRIRE À L'ASSOCIATION DES CHASSEURS ?
POUF
C'EST QUOI, ÇA ? C'EST VRAIMENT NÉCESSAIRE ?
C'EST MIEUX DE LE FAIRE.
ENREGISTRER SON RANG PERMET D'OBTENIR UN ACCÈS AUX INSTALLATIONS AFFILIÉES À L'ASSOCIATION...
TILT
AINSI QUE DES REVENUS.
DE L'ARGENT...?

ÇA RAPPORTE MÊME SI ON SE LA COULE DOUCE ? COMBIEN ?
IL FAUT MAINTENIR UNE CERTAINE ACTIVITÉ TOUS LES 2-3 MOIS.
LE SALAIRE POUR LE RANG B EST DE 1 300 000*, POUR LE RANG A C'EST 2 500 000**.
LE RANG S, C'EST AUTRE CHOSE...
JE GAGNE ENVIRON 7 000 000 WONS*** PAR MOIS.
QUOI ?! 7 000 000 ?
*NDT : environ 850 €.
**NDT : environ 1 600 €.
***NDT : environ 5 000 €.
ALLONS M'INSCRIRE TOUT DE SUITE !
ILS SONT FERMÉS À CETTE HEURE-CI.
DEMAIN ALORS !

CENTRE D'ÉVALUATION DES COMPÉTENCES DE L'ASSOCIATION DES CHASSEURS
TAP
TAP
oh !
CRIII

C'EST POUR UNE INSCRIPTION ? VOTRE NOM ?
KIM HYEONU.
KIM HYEONU ?
LE MÊME KIM HYEONU QUE CELUI QUI EST SORTI DE LA TOUR APRÈS DOUZE ANS...?
FFT
ALORS C'EST LUI.
EN PERSONNE.
FWIT
RIEN QU'AUJOURD'HUI, IL Y A EU UNE FLOPÉE DE POSTULANTS QUI SE SONT MONTRÉS CURIEUX À SON SUJET...

EST-CE QUE KIM HYEONU EST PASSÉ ?
KIM HYEONU !
D'ACCORD, IL A DÉCROCHÉ DE BONNES NOTES AUX TESTS...
MAIS PAS DE QUOI EN FAIRE TOUT UN FOIN, IL N'EN RESTE PAS MOINS UN BLEU.
VOS INFORMATIONS PERSONNELLES ONT BIEN ÉTÉ VÉRIFIÉES. MAINTENANT, SI VOUS VOULEZ BIEN TENIR CECI...
ZIEUTE
allô ?
L'ŒIL DE L'INQUISITEUR.
VOTRE STATUT APPARAÎTRA SUR L'HOLOGRAMME JUSTE À CÔTÉ...
ET DÉTERMINERA VOTRE RANG DE CHASSEUR.

TCHAC
VOUUUUM
ÉVALUATION EN COURS
CE SERAIT UN RANG B ?
TOUT CE BAZAR POUR UN RANG B+ ?
VOUUUM
DING
?!

KIM HYEONU
CHANCE
MAGIE
ooh...

ÇA Y EST, C'EST BON ?

?!
HEIN !

C'EST...
C'EST QUOI, CE CIRQUE ?!
C'EST IMPOSSIBLE !
AAAAAN!

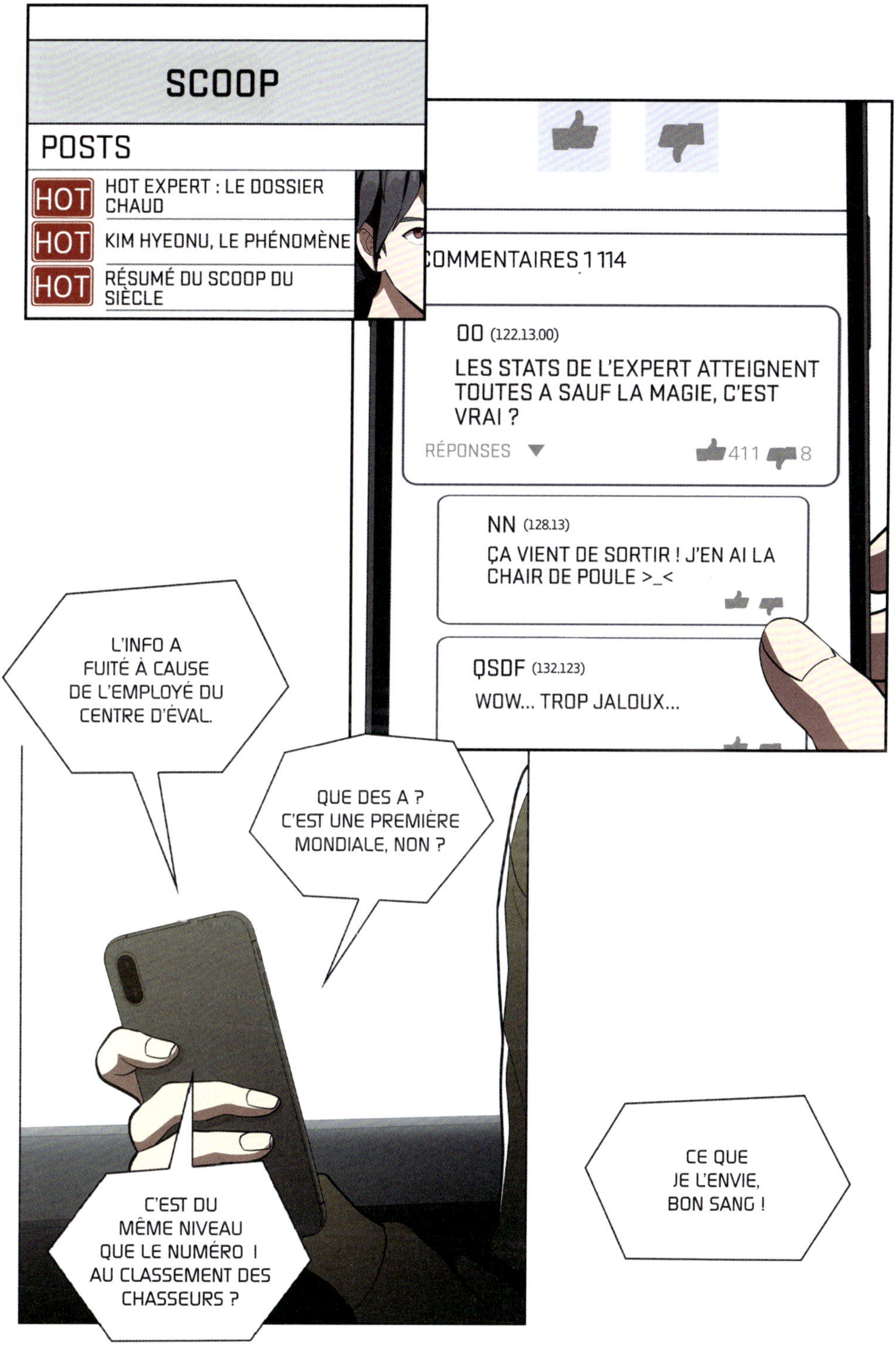
SCOOP
POSTS
HOT HOT EXPERT : LE DOSSIER CHAUD
HOT KIM HYEONU, LE PHÉNOMÈNE
HOT RÉSUMÉ DU SCOOP DU SIÈCLE
COMMENTAIRES 1 114
OO (122.13.00)
LES STATS DE L'EXPERT ATTEIGNENT TOUTES A SAUF LA MAGIE, C'EST VRAI ?
RÉPONSES
411 8
NN (128.13)
ÇA VIENT DE SORTIR ! J'EN AI LA CHAIR DE POULE >_<
QSDF (132.123)
WOW... TROP JALOUX...
L'INFO A FUITÉ À CAUSE DE L'EMPLOYÉ DU CENTRE D'ÉVAL.
QUE DES A ? C'EST UNE PREMIÈRE MONDIALE, NON ?
C'EST DU MÊME NIVEAU QUE LE NUMÉRO 1 AU CLASSEMENT DES CHASSEURS ?
CE QUE JE L'ENVIE, BON SANG !

HUM
DANS QUELLE ÉPOQUE ON VIT...
VROOM
MON ÉVALUATION REMONTE À QUELQUES HEURES SEULEMENT, ET TOUT LE MONDE EST DÉJÀ AU COURANT ?
EUH
TU ES LA STAR DU MOMENT, ON N'Y PEUT RIEN.
APRÈS TON COUP D'ÉCLAT DANS LE DONJON DE LA GUILDE D'ARES...
BEAUCOUP PRÉFÈRENT T'AVOIR À L'ŒIL.

FWIT
TU T'EN FICHES PEUT-ÊTRE...
MAIS LES GARS D'ARES ONT DÉJÀ DÛ COLLECTER TOUT UN TAS D'INFOS SUR TOI.
QUE CE SOIT À CAUSE DE TES RÉSULTATS D'AUJOURD'HUI...
OU DU FAIT QUE TU T'ES INVITÉ SUR LEUR TERRITOIRE, ILS NE TE LAISSERONT PAS TRANQUILLE.
IL FAUDRA ÊTRE PRUDENT, À L'AVENIR.
BOOM
BOOM
PIOU
PIOU
CE SONT DES TYPES DANGEREUX.
PIOU
BOOM
PIOU
haa...
DIS, TU M'ÉCOUTES ?

PFT...
HA HA HA...
BRR
BRR
QU'EST-CE QUI TE FAIT RIRE ?
HA HA HA ! REGARDE ÇA !
FWISH
CE MEC EST SI PATHÉTIQUE QU'IL N'EN PEUT PLUS !
C'EST L'ÉCRAN DE CHARGEMENT. DEPUIS HIER, IL APPARAÎT CHAQUE FOIS QUE J'ENTRE DANS UN DONJON DANS LE JEU !
HA
HA
HA
HA

WOOUSCH
NON MAIS, MATE-MOI CETTE POSE RIDICULE !
SCHLING
ET L'EFFET SUR SON AURA ! JE TE JURE !

LES CHASSEURS NE SAVENT PLUS QUOI INVENTER !
HA HA HA HA HA HA
HYEONU.
C'EST MOI.
QUOI ?

C'EST MOI,
JE TE DIS.
...

AHEM
DIS, SIHYEON...
QUOI ?
TU N'AS PAS DES CHOSES À FAIRE ?
QU'EST-CE QUE TU VEUX DIRE ?

SEOGWON ET SEOYEON ONT L'AIR PAS MAL OCCUPÉS...
MAIS, TOI, TU SEMBLES AVOIR BEAUCOUP DE TEMPS LIBRE.
JE SUIS AUSSI CHEF DE GUILDE. NE VA PAS T'IMAGINER QUE JE ME TOURNE LES POUCES.
GRR
GRR
J'AI PRIS SUR MON TEMPS POUR T'ACCOMPAGNER, FIGURE-TOI.
PFF
SI TU LE DIS.
BUREAU DE LA SECTION NETTOYAGE
5E SOUS-SOL DE LA GUILDE ARES

DU
DUM
CE KIM HYEONU...
N'A QUE DES A...
NOM
SEXE
ÂGE
TAILLE
POIDS
24 ANS
183 CM
83 KG
RÉSULTATS DU TEST D'APTITUDE DE L'ASSO
DES CHASSEURS DE CORÉE
CHANCE
CE MEC EST UN MONSTRE.
JE COMPRENDS POURQUOI LE DIRECTEUR VEUT S'EN DÉBARRASSER.
HUM

ROH, POURQUOI CET AIR SI SÉRIEUX ?
ARES
TAP TAP
NE TE FAIS PAS DE MOURON.
HÉ HÉ HÉ
LUI RÉGLER SON COMPTE VA ÊTRE UN JEU D'ENFANT.
J'AI FAIT APPEL À SHIN CHEONGANG.
TILT
SHIN CHEONGANG ?
LE CHASSEUR QUI VA BIENTÔT PASSER RANG S EN CHINE ?
IL SERA PARFAIT POUR CE BOULOT.

HA
HA
JE VOIS.
LES GARDES NE SURVEILLENT PAS LES ALLÉES ET VENUES, ICI ?
FSSSH
N T'INQUIÈTE PAS, C'EST UN DONJON AFFILIÉ À MA GUILDE.
HAMEAU DE LA FORÊT

LE BOSS...
23:59
PM
SE
SERA BIENTÔT
RÉGÉNÉRÉ.
SUPER !
ENTRONS !
OUI.
FWIT

HÉ
HÉ
HÉ

C'EST QUI, LUI ?
AH, SALUT !
JE M'APPELLE PARK GAMUN.
LE BUTIN LÂCHÉ PAR CE BOSS PEUT ÊTRE ÉCHANGÉ CONTRE DE L'ARGENT.
IL EST LÀ EN SOUTIEN.
POUR RÉCUPÉRER LE DROP.
LE DROP ?
DE L'ARGENT ?!

ÇA PEUT VALOIR JUSQU'À 35 MILLIONS DE WONS*, SELON LA TENDANCE DU MARCHÉ.
HEIN !
QUOI ? MAIS QU'EST-CE QUE LES ACHETEURS PEUVENT BIEN EN FAIRE ?
HA...
C'EST VRAI...
CE DOIT ÊTRE DIFFICILE À IMAGINER POUR QUELQU'UN FRINGUÉ COMME TOI...
???
HAA
LES ITEMS RÉCOLTÉS SONT UTILISÉS POUR FABRIQUER DES ARMURES OU DES ARMES

DITES...
WIP
JE PEUX FILMER ?
...?
ÇA NE ME DÉRANGE PAS.
MAIS POUR QUOI FAIRE ?
BEN...
PSST
HEIN ? YOUXUBE ?
PSST
TU GAGNES DE L'ARGENT AVEC ÇA ? DES REVENUS PUBLICITAIRES ?
PSST
WIP
WIP

D'ACCORD !
MAIS ON PARTAGE !
80-20 !
DOOM
QUOI ?!

TAP
TAP
TAP
TAP

TIENS,
PRENDS ÇA.
FWIT

QU'EST-CE QUE C'EST ENCORE ?
FLAP
LE HAMEAU EST UN VRAI LABYRINTHE, UNE FOIS À L'INTÉRIEUR.
C'EST PÉNIBLE DE TOURNER EN ROND DANS LE DONJON.
ZIEUTE
SPAWN-PUNKT
spot 02
spot 01
HUM...
GRRR
QU'Y A-T-IL ?

SSSSSSH
FWISH
TAP
TAP
HYEONU ?

EH, GAMUN !
FWIP
OUI ?
ASSURE-TOI DE BIEN FILMER.
HI HI HI
?

WOOUSH
YAAH !
SWOOOSH

DZZ DZZ

BA
BA
BA

BA
BAAAM
WHOA !

WOOUSH
FWOOUSH
GROAAAAH!
BOSS DU HAMEAU
DE LA FORÊT :
TWIN HEAD OGRE

HAA...
C'EST L'OGRE À DEUX TÊTES !
CE MEC...
BRR BRR
C'EST UN GRAND MALADE !
EN AVANT !
IL S'EST FRAYÉ UN CHEMIN DIRECT JUSQU'AU BOSS ?!

ÇA C'EST
L'EXPERT !
LE VRAI !
piiié...
TAP
TAP
TAP
GROOAAAH
TAP
TAP
TAP

HOP
WOOOUSH
HA
HA
TAP
!!

SLASH
FRRSH

SHTAK

FSSSSH

BON SANG... QUELLE DINGUERIE !
OUAAH
HÉ HÉ
IL ASSURE GRAAAVE !
BUREAU DE LA SECTION NETTOYAGE
5E SOUS-SOL DE LA GUILDE ARES

AS-TU BIEN VÉRIFIÉ ?
HA
HA
SHIN CHEONGANG.
ha.ha
OUAIS...
JE L'AI BIEN OBSERVÉ.
IL EST AUSSI MONSTRUEUX QUE LE LAISSENT ENTENDRE LES RUMEURS.

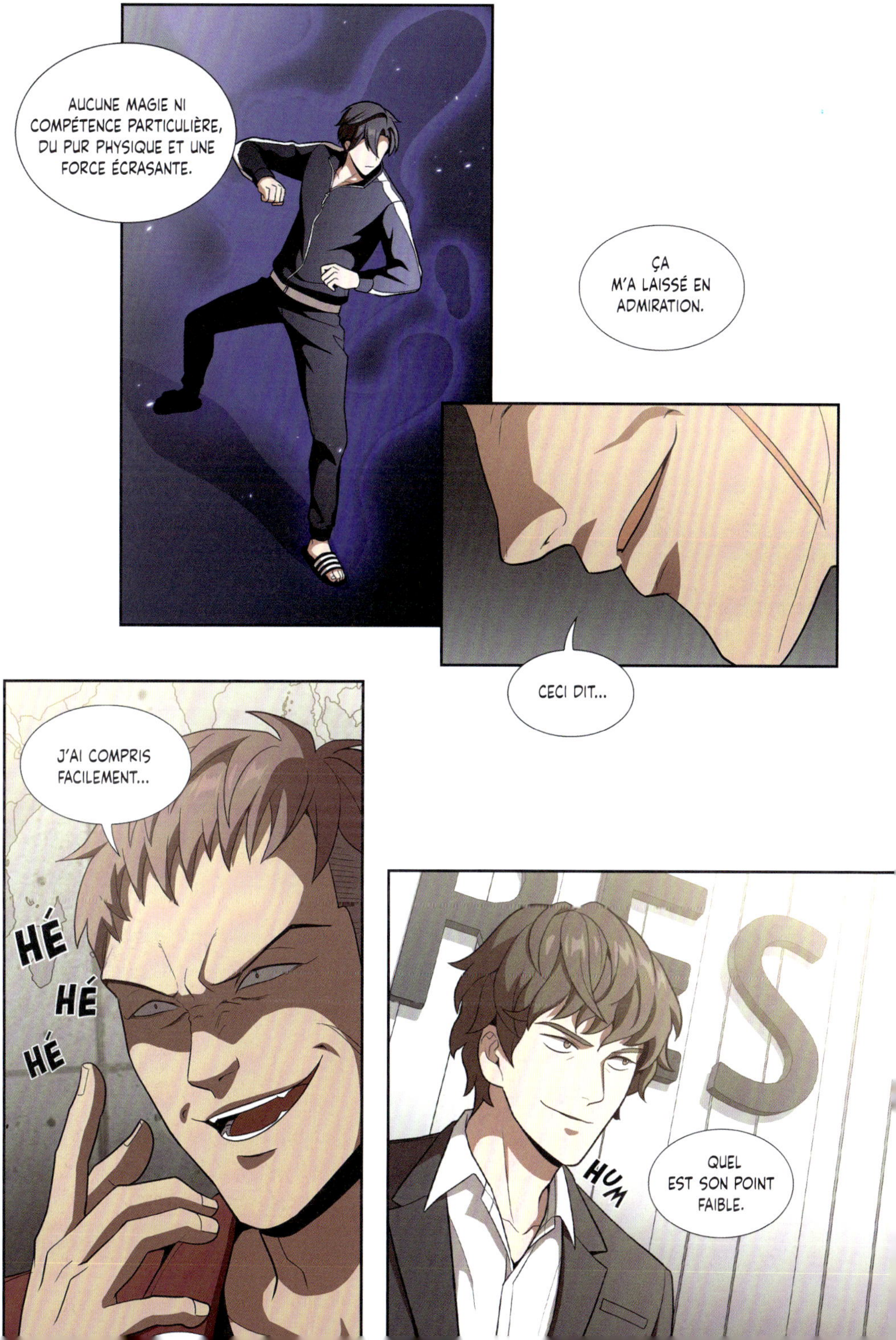
AUCUNE MAGIE NI COMPÉTENCE PARTICULIÈRE, DU PUR PHYSIQUE ET UNE FORCE ÉCRASANTE.
ÇA M'A LAISSÉ EN ADMIRATION.
CECI DIT...
J'AI COMPRIS FACILEMENT...
HÉ HÉ HÉ
HUM
QUEL EST SON POINT FAIBLE.

IL PRÉVOIT DE SE RENDRE DÈS DEMAIN...
ARES
DANS LE MARAIS APPARENT GÉRÉ PAR NOTRE GUILDE.
ÇA POUVAIT PAS MIEUX TOMBER !
BAM
JE VAIS ME PRÉPARER À L'ACCUEILLIR.
ENTRÉE DU MARAIS APPARENT

...
SSSSHH
C'EST MOI...
OU ÇA NE SENT PAS TRÈS BON ?
...!
BRRR
FWIP

SEOYEON
TU ES EN ROUTE POUR LE MARAIS APPARENT ?
DING
...
SEOYEON
TU ES EN ROUTE POUR LE MARAIS APPARENT ?
N'OUBLIE PAS CE QUE JE T'AI DIT HIER À PROPOS D'ARES !
ÇA VAUT MIEUX POUR TOI !
DING
HAA...
TU NE VAS PAS T'Y METTRE AUSSI !
SIHYEON M'A DÉJÀ FAIT TOUT UN PATAQUÈS.
TAP
TAP

AU DIABLE ARES !
JE ME MOQUE DE CES TOCARDS !
À SUIVRE...

The ADVANCED PLAYER of the TUTORIAL TOWER

L'Expert de la Tour du Tutoriel

1

The Advanced Player of the Tutorial Tower Vol. 1

Directeur de collection : Pascal LAFINE
Coordinatrice : Lina LIYANG
Supervision éditoriale : Léna PANZANI
Assistante éditoriale : Zina DERRAZ
Traduction : Gwénaëlle POMPILIO
Relecture-correction : Victoria JUILLARD
Lettrage : Studio Charon
Conception graphique : Yohan JULIEN

Ce volume contient les épisodes 01 à 14.
Dépot légal : septembre 2024
ISBN : 978-2-38288-164-4

Imprimé et relié en août 2024
par Rotolito Lombarda, en Italie

Groupe Delcourt - KBOOKS -
8, rue Léon Jouhaux 75010 Paris

www.editions-delcourt.fr

KBOOKS